Manfred Gottert

Krass! Siehst du! Eindeutig:

Windpocken!

Vater und Sohn.
Oft eine komplizierte
Beziehung.

Vor allem am Anfang.

Bibliografische Information
der Deutschen Nationalbibliothek:
Die Deutsche Nationalbibliothek verzeichnet diese
Publikation in der Deutschen Nationalbibliografie;
detaillierte bibliografische Daten sind im Internet
über dnb.dnb.de abrufbar.

2. Auflage

© 2021 Gottert, Manfred
© der Erstausgabe 2020 von Gottert, Manfred

Herstellung und Verlag:
BoD – Books on Demand, Norderstedt

ISBN: 9783750493810

Satz: Steffen Linke
Lektorat: Julie Köhler
Korrektur: Pia Yvonne Zang
Podcast-Lesung: Lukas Viernickel

Für Susanne und für Finn
und für Maunzerle

Kapitel 1

Da stehen wir, oder besser, da stehe ich vor der Praxistür im 2. Stock und trage Finn, seine Nuckelflasche und die Frau Hansen. Vor uns ein Schild: „Liebe Patientinnen, hier wird alles geklaut. Bitte schließt euren Kinderwagen ab und nehmt die Wertsachen mit in die Praxis."

Ach so, wir drehen eingeschüchtert um und beginnen den Abstieg ohne irgend eine Regung unsererseits – nein nicht ganz: Finn brabbelt: „Mama-Mama."

Am Kinderwagen angekommen sehe ich, dass die Nuckelflasche vor uns auf dem Boden liegt. Hatten wir Zwei? Ist das überhaupt Unsere? Wo ist eigentlich dann die Andere? Ich bücke mich und hebe sie zusammen mit dem Daunensack aus dem Kinderwagen auf. Finn versucht dieses waghalsige Unterfangen auszunutzen und spannt sämtliche Muskeln seines kurzen, kompakten Körpers an, um den Lichtschalter im Treppenhaus zu traktieren.

Alle Utensilien beisammen und den Kinderwagen und mein Fahrrad abgeschlossen, beginnt der zweite Anlauf: auf dem Arm nun Finn, die Nuckelflasche, der unhandliche Daunensack, mein überfüllter Rucksack und die Frau Hansen.

Heute früh, kaum auf der Arbeit angekommen, rief Heike an. 'Heike' dieser Vorname passt nicht, da sie eher einer 'Renate', vielleicht ein bisschen 'Elvira', entspricht. Auf keinen Fall Heike. Dafür ist sie zu dünn und launisch und hat eine Frisur, die so unauffällig ist, dass ich mich überhaupt nicht daran erinnern kann.

Nur an die Brille. Ja, die Brille, an die erinnere ich mich: Es gab mal einen VW Polo Modell Harlekin mit unterschiedlich farbigen Karosserieteilen. Wenn ich diese Brille sehe muss ich mir immer die Frage stellen, wie viele Modelle wohl von diesem Volkswagen verkauft wurden und wie viele Krankenschwestern und Erzieherinnen darunter waren. Diese Art Warum-denn-nicht-mal-was-anderes?-Brillengestell. Man sagte mir aber eindringlichst, sich bloß nicht mit solchen Leuten anzulegen – das schadet dem Kind. Ich habe es trotzdem in den drei Monaten schon zweimal heimlich gemacht. Das Wort „Kin-

dergarten" ist doch eindeutig ein schönes Wort –
Erziehungsanstalt dagegen viel unangebrachter. Aber
Heike möchte trotzdem nicht als „Kindergärtnerin"
bezeichnet werden.

„DEIN SOHN HAT DIE WINDPOCKEN!!"

Warum um Himmels willen wird man als Spezies
der Eltern eigentlich unentwegt geduzt?

Alle. Die Erzieherinnen, die anderen Eltern, die
Hebamme, die Sprechstundenhelferin. Alle. Dabei
bin ich ja wirklich mit 44 Jahren aus dem Duz-Alter
rausgewachsen. Ob die Brillenverkäuferin Heike bei
der Beratung auch duzte, während sie ihr „hübsch
verspielt" und „soo süß" entgegen hauchte?

Kaum vorzustellen.

Ich rase mit dem Fahrrad vom Prenzlauer Berg
nach Kreuzberg und muss mit der schnippischen
Heike und der dicken Jasmin und noch einer Fach-
kraft das arme Kind befunden: „Schau mal hier. Dieses da! Siehst du!! Da bin ich mir ganz sicher und
Fieber hat er auch – 37,7 Grad."

Es ist gerade nicht die Zeit der Konfrontation,
aber 37,7 Grad ist bei diesem Kind die handelsüb-
liche Körpertemperatur. Kennt sie denn nicht seine

Schweißfüße und dieses von seiner Mutter übernommene Alles-Zur-Gleichen-Zeit-Machen-Syndrom?

Das erfordert schon etwas mehr Drehzahl und Grundenergie. „Hat er denn was gegessen?", frage ich besorgt.

„Und wie, er wollte unentwegt mehr", antwortet Heike bestimmt. Also alles wie immer, denke ich, bis auf das eine oder andere Windpöckchen. Wortlos packte ich ihn ein: Strumpfhose, Shirt, Schuhe, Jacke, während Finn versucht meine Augen auszustechen oder nur den Schließmechanismus der Lider überprüft.

Telefonisch bittet mich Petra, eine Sprechstundenassistentin, die ich schon von der Schreitherapie noch wahrlich gut kenne, in den Spezialkabinen vor dem eigentlichen Praxisbereich das Kind abzustellen und dann schnell zur Anmeldung ohne Finn zu kommen.

Wir öffnen die Praxistür und sehen einen schlauchartigen Raum mit vier etwa Ein-Quadratmeter großen Glaskabinen. Irgendwie habe ich den Eindruck, dass die Kinderpraxis schon bessere Tage gesehen hat. Der Charme der späten 70er lässt sich auch durch eine Vielzahl von Überlackierungen nicht verleugnen. Sicher die Auswirkungen der Krise im Gesundheitswesen. Am Ende des Schlauchs ist ein kleines Fenster mit Blick auf den Hermannplatz und auf Karstadt. Sonst gibt es nur die Eingangstür und die Tür zur Anmeldung.

Ich entscheide – nein Finn entscheidet sich für die erste Kabine. Die Ausstattung ist eher schlicht, eher reduziert, dagegen der Kabineninnendruck irgendwie unangenehm. An der Kabinendecke befindet sich eine Absauganlage. Womöglich um die kontaminierten Bestandteile von Finn gleich aufzufangen. Daneben leuchtet nur noch eine von vier Halogenspots. Aber warum es in diesem Kasten so heiß ist, das gibt mir doch ein großes Rätsel auf: Um sich fröstelfrei auszuziehen? Um den Zellkulturen einen möglichst guten Nährboden zu bieten? Oder nur um die Kinder besonders quengelig zu machen? Die Hälfte der Kabine besteht aus einer etwa 1 Meter hohen Pritsche mit einem verschlissenen Kunststoffüberzug. Ansonsten ist nur noch Platz für einen Hocker.

Finn verliert jetzt schon bedenklich an Geduld und möchte lieber wieder gehen. Ich auch.

Windpocken bedeutet ja nicht nur Krankheit, sondern auch, dass ich mal wieder nicht zur Arbeit kann. Susanne hat ja Patienten, die lassen sich nicht so kurzfristig abbestellen. Ich habe ja eher Rezession.

Ich frage mich, wie das andere spätgebärende Selbstständige machen. Bei mir besteht ein umgekehrt proportionales Verhältnis zwischen Finn's Alter und dem zu erwirtschaftenden Reingewinn. In der Medizin nennt man das bei den Muskeln antagonistisch, aber gut ist das vielleicht bei den Muskeln, eher nicht für mein Allgemeines Wohlbefinden.

Von der Richtigkeit des Befundes der drei pädagogischen Koryphäen bin ich überzeugt, obwohl ich anhand der Symptome, wie Beißanfälle und Schaum vor dem Mund auch Tollwut als Diagnose nicht direkt ausschließen würde. Oder eine Unverträglichkeit gegen seine Eltern.

Ich setze Finn auf den verschlissenen Kunststoffbezug, ziehe mir und ihm Jacke aus und suche aus dem Rucksack Futter und was zu trinken. Irgendwie kommt Finn aus dem Gleichgewicht und fällt auf den Boden.

Ich habe ja hinten keine Augen, entweder hole ich was aus dem Rucksack oder ich halte ihn von den suizidären Aktivitäten ab. Er schreit. Er entscheidet sich zu gehen. Ohne Schuhe und ohne Erlaubnis.

Irgendwie muss ich ihn davon jetzt abhalten, so verseucht er ist und die vielen anderen Kinder hier in der Praxis und die Verantwortung, die ich doch habe. Ganz abgesehen von der strengen Petra an der Anmeldung. Apropos Petra: wie soll ich denn jetzt nur aus der saunaartigen Einzelzelle zur Anmeldung kommen? Finn wird in der Zwischenzeit das Glas der Kabine zersprengen, oder, wenn das nicht funktioniert, mich schon bevor ich gehe beißen. Da müssen wir durch.

Ich suche genervt nach der Krankenkassen-Karte im Rucksack. Finn schreit vehementer. Ich konzentriere mich auf meinen Atem und habe meine ganze Kleidung durchgeschwitzt. Finn isst einen Kippenstummel, den er auf dem Boden fand. Ich renne mit dem Stummel zur Anmeldung und warte. Petra, mit Headset telefonierend, nickt mir wohlwollend zu. Sie wird sich doch nicht an mich erinnern?

Vor etwa einem Jahr. Die Schreitherapie, in die man mich unter falschem Vorwand hin zerrte. Finn schrie die ersten Woche wenig, danach viel und heute nicht weniger. Aber wir waren ja verantwortungsbewusste Jungeltern und da die Osteopathie weniger dem goldigen Kerlchen als der behandelten Frau was nutzte und zwar: „gebt soviel ihr könnt pro Behandlung".

Wir gaben lieber auf und probierten, wie ich damals annahm, seinen Schlaf-/Wachrhythmus unter fachlicher Hilfe zu erforschen und zu optimieren. Eher in unserem Sinne, da wir nachts schlafen wollten und zwar nicht nur in zweistündigen Abständen und Finn die unerfreuliche Angewohnheit hatte, sein nächtliches Geschrei durch ein ausgedehntes Schläfchen tagsüber vorzubereiten.

Zuerst bekamen wir Sheets zum Ausfüllen: wann schläft er, wann schreit er, wann isst er. Für mich war es klar: er schrie fast immer, schlief selten und hat in einem fort gegessen. Susanne sah das anders.

Leider habe ich es versäumt ihr den Bogen morgens um 4 Uhr zu geben. Ich bin mir sicher wir wären schnell einer Meinung gewesen, aber am nächsten Morgen war bei ihr der Nachtspeicher komplett gelöscht und sie fand die Nacht ja gar nicht sooo schlecht. Und wie schlecht die Nächte waren. Ich bekam diese Wellen der Aktivität schon in der Entstehungsphase mit: es bewegte sich was in der Tasche neben unserem Bett. So von einer Ecke zur anderen mit zunehmender Geschwindigkeit. Nach einigen Minuten Gezappel kamen die Stimmbänder und seine Mutter zum Einsatz: Sicherlich Blähungen und ihm ist zu kalt.

Monat für Monat soll es dem Kind zu kalt gewesen sein. Ich lag daneben und schwitzte. Irgendwann zog ich nachts aus und wir probierten es mit Schichtdienst: Von 23.00 – 5.00 Uhr war die Chefin dran, danach wurde der kreischende Sonnenschein zu mir ins angrenzende Zimmer gekarrt. Ich versuchte dann durch Einstopfen des Schnullers und Überstülpen der Frau Hansen das Kind auf dem Hüpfball zur Ruhe zu bringen. Außer meinem Rücken hat dieses Gehopse niemandem geschadet.

Einmal versuchte ich illegal das plärrende Wesen samt Softtragetasche ins Badezimmer zu verfrachten - wohlgemerkt während meiner Schicht. Vergebens, eine Minute später kam Susanne aus ihrem, was ja früher mal unser, Zimmer war, herausgeschossen und rettete ihren Goldschatz vor den unmöglichen Machenschaften des Vaters. Etwa so wie bei den Löwen, bevor die Löwenmänner ihren Nachwuchs auffressen. Diese Aktion hat sich niemals mehr wiederholt, da sämtliche Fachliteratur und der ganze Schwangerschaftskurs mein Verhalten als frevelhaft und inakzeptabel bewerteten. Vergebens mein Einwand, dass es unsere Eltern ja auch so gemacht haben und die Kinder nachts schreien ließen wurde prompt mit: „Na man sieht ja was daraus geworden ist" zerschmettert.

„Wie kann ich dir helfen?" Ach ja, ich hatte jetzt ja ganz andere Sorgen. Aber ob Petra wirklich mir helfen kann, bezweifle ich. „Es geht um Finn. Ich habe vorhin angerufen - Meine Güte, wegen angeblicher Windpocken."

Dank der ewigen Duzerei kenne ich die Leute auch selbst nur noch beim Vornamen. Petra, Petra und wie weiter? Sogar der Emailanbieter, der Handybetreiber alle sprechen einen mit einem „Hallo Susanne Hansen" an. Vielleicht nennt sie sich Stankowiak, oder Hartmann?

Petra hat eine strenge Kurzhaarfrisur, sehr energisches Auftreten. Oder meine ich das nur wegen der Schreitherapie?

Finn war vielleicht 6 Wochen alt und Susanne, Finn, der Papa und eine Kiste voll ausgefüllter DIN A4 Blätter machten sich auf den Weg zur ersten „Sitzung".

In der Raummitte des Therapiezimmers thronte die Behandlungsliege, kreisförmig waren einige Stühle darum drapiert. Keine Bilder an der Wand. Nachdem man kurz die ausgefüllten Bögen besprochen hatte begann das Prozedere, welches auf irgend einer besonderen Methode oder Schule fußte: das Prager Mutter-Kind Projekt war es aber nicht, eher südlicher, eher so was wie die „Oberpfaffenhofer Schule". Babys schreien nicht weil sie Blähungen oder Schmerzen, oder Hunger haben – alles liegt an dem Schlaf-/Wachrhythmus, wenn ich mich recht erinnere.

Finn kam auf die Liege und ich sollte nun unter den argwöhnischen Blicken der anderen Beteiligten das Kind zum Schlafen bringen. Petra guckte streng, wie eine Fahrschulprüferin und Susanne war ziemlich schlecht gelaunt. Warum weiß ich gar nicht mehr, vielleicht diese Nachtschichten, oder hat der Goldschatz, das Schneckelchen, das Finni-Mäuschen die gute Muttermilch verweigert? Oder habe ich wieder eine Grundsatzdebatte über „Ich-will-mehr-Spaß" angezettelt? Ich kann mich nicht mehr daran entsinnen – ich glaube sie mochte die Fahrschulprüferin nicht besonders.

Zuerst musste ich mich in eine für mich angenehme Position auf der Liege neben dem Probanden platzieren.

Es gab keine angenehme Position, da viel zu wenig Platz für mich war, aber das erwähnte ich nicht. Ich war nur daran interessiert, diese Veranstaltung möglichst reibungslos und fix hinter mir zu lassen. Keine Konfrontation – nur geduldiges und wohlwollendes Nicken ob des fachlichen Wissens der Prüferin.

Finn schrie wie auf Kommando zur rechten Zeit und mit aller Inbrunst, die wir von ihm kannten. Alle anderen Beteiligten taten so, als ob sie ihn gar nicht wahrnahmen, nur ich, ich schwitzte. Ein Vorhaben wahrlich, dieses Kind hier zum Schlafen zu bringen, ohne ewiges Gehoppel auf dem Fitball. Es funktionierte auch nicht. Oder schlief er irgendwann nach 20 Minuten vor Erschöpfung ein? Auf alle Fälle stellte ich irgendwann bei dieser Veranstaltung fest, es geht ja überhaupt nicht um das Kind, ich sollte hier therapiert werden, um babykompatibeles Verhalten zu lernen.

Wir machten keinen neuen Termin aus, da ich arbeitstechnisch nicht genau wusste, ob nächsten Dienstag oder Donnerstag besser wäre. Wir kamen nie mehr zu dieser Prüfung. Finn schrie danach gern und viel und schlief auch weiterhin bis zum heutigen Tag in kleinen Häppchen fein zerstückelt, obwohl seine Chefin da ganz anderer Meinung ist: es wird doch immer besser.

„Ist er denn in der Isolation", fragt Petra energisch.

„Hörst du ihn denn nicht", antworte ich abgestresst.

„‚Finn Luca', da habe ich ihn, aber das dauert noch mindestens eine Stunde, ihr hattet ja keinen Termin, oder?"

Warum eigentlich „Finn Luca"? Das Kind heißt Finn. Alles bloß nicht diese Doppelnamen, wie Karl-Heinz oder Hans-Nico. Noch während der seligen Schwangerschaftszeit, als man Ausschau nach Stillkissen aus probiotisch angebauter Dinkelsaat und Vornamen hielt, legte ich schon mein Veto ein: keine Doppelnamen. Ich wollte soundso lieber „Erwin" als Vorname. Höchstens um etwas modernes zu integrieren „Erwin Apollo", da ich ja ein absoluter Mondlande-Live-Berichterstattungs-Fan bin. Susanne fand was Nordisches ganz apart. „Erwin Apollo" wurde ersatzlos gestrichen. Das arme Kind! Aber Lasse und

Konsorten waren wohl passender für den damals ca. drei cm langen Wurm.

Um wenigstens beziehungstechnisch eine ausgewogene Basis zu schaffen bestand ich auf einen Alternativnamen, der seinen Ursprung eher in den südlichen Gefilden suchte. So entschieden wir uns, das Kind erst bei der Geburt zu benennen: sah es blond und blass aus sollte es, so Gott und andere es wollte, „Finn" heißen. Entsprachen seine Züge aber eher einem temperamentvollen Mafioso, sollte es „Luca" heißen. Sowohl Susanne als auch der Papa haben nicht den leisesten genetischen Hauch von mediterranem Aussehen: blond und bleich wie aus der Roten Grütze Werbung von Dr. Oetker, nur kürzer.

Nichts zu machen. Eine Bekannte von mir ließ sich ihre Nase zerhacken und neu geschliffen wieder antransplantieren, doch die Tochter hielt sich wahrlich nicht an diese plastische Korrektur und hat jetzt mit ihrer Hakennase so gar keine Ähnlichkeit mit der total enttäuschten Mama.

Obwohl wir bei der Geburt von Finn doch etwas zögerten und ein ganz neuer Name ins Spiel kam, aber das ist eine andere Geschichte, nannten wir ihn Finn und als Zusatzname Luca.

Meistens machen diese Rotzlöffel den Eltern zu einem späteren Zeitpunkt böse Vorhaltungen über den ausgewählten Vornamen. Dann kann Finn ohne große Probleme auf Luca schwenken und wir sind dadurch keinen endlos langen „wie könnt ihr nur"-Diskussionen ausgesetzt. Gönna, eine Freundin von Susanne muss diese Diskussionen momentan mit ihrem 12-jährigen „Felix" führen: „Wie könnt ihr nur einen klugen, jungen Mann nach stinkendem Katzenfutter benennen!?"

Ich schlage die Hände zusammen, wie die einzig dunkelhäutige Heilige Maria aus Luchmajor und hechle: „Mindestens eine Stunde, unmöglich in diesem Verschlag mit solch einem Kind!"

Petra wäre nicht die Petra, wenn sie nicht postwendend eine Lösung dieses Problems hätte: „Ich bringe gleich eine Überraschung raus, die wird euch ablenken."

Sicherlich hat sie ein spezielles Coaching-Programm durchlaufen, das Patienten ruhig stellt und ich gehe wieder beruhigt zu Finn zurück.

Schon beim Betreten des Isolations-Schlauchs klingeln bei mir alle Alarmglocken und sämtliche

Schweißdrüsen schalten proforma auf „vollen Ausstoß". Er schreit nicht!

Das war noch nie ein gutes Zeichen. Nicht dass ich über Finns Gesundheitszustand in Sorge bin. Nein, das Schweigen bedeutet irgend etwas ist noch interessanter als möglichst viel Luft möglichst geräuschvoll durch den Rachen zu befördern. Ich sehe schon von weitem, dass mein Rucksack vom Hocker auf den Boden gezerrt wurde und Finn dort genüsslich in eine Leckerei beißt. Er hätte Dinkelkekse, Bananen und ein Stück Hasenbrötchen zur Auswahl gehabt.

Er entschied sich für eine etwa 15 cm lange weiße Kerze. Mich überrascht dabei besonders, nein nicht dass er die Kerze frisst, sondern eher, warum ich eine Kerze im Rucksack habe und bin froh, dass weder der Ausweis noch meine Bankcard eine Bisswunde aufweisen.

Essen! Papa und Sohn sind beide dieser Leidenschaft verfallen, wenn auch mit anderer Akzentuierung: der eine favorisiert Fleischmassen, Seife und uneingeschränkt alles, was sich auf dem Boden befindet. Der andere, eher vegetarisch, entsinnt sich noch an Zeiten, als er leckere Meeresfrüchte-Paella mit viel Chili und Safran zubereitete. Seit 16 Monaten ist dies gestrichen, oder „du kannst ja das scharfe Zeugs weglassen, und die Paprika und anstatt der Meeresfrüchte vielleicht ein Würstchen rein schnippeln!"

Also gestrichen. Auch ganz abgesehen von dem Zeitaufwand: es muss alles sofort auf dem Tisch stehen und darf nicht zu heiß sein und schön klein zerschnitten. Die Zeiten, in denen ich aus dem Essen ein zeremonielles Gesamtkunstwerk zauberte sind vorbei. Mein großer Bruder stellte bei seinem letzten Besuch trocken fest: „Bei euch nähert man sich schon bedenklich an die Tischmanieren des jüngsten Mitglieds an."

Servietten, Vorspeisen und Zurücklehnen sind beim Essen, wie die Paella, gestrichen. Auch die Essenszeit hat sich allmählich nach vorne verschoben: „Das Kind braucht ja seinen Rhythmus, und in der Kita wird auch um 11.00 Uhr gegessen."

Ich habe auch nicht wirklich um diese Uhrzeit Appetit auf Meeresfrüchte.

Auch die Restaurantbesuche haben sich unserer „neuen deutschen Küche" angeglichen: Schnell muss es gehen, ein Hochstuhl muss vorhanden sein, und unser Goldschatz braucht etwas wurstartiges, aber möglichst mit irgend einem Zusatznamen, wie kontrolliert angebaut oder so. Dabei weiß ich genau, dass ihm ein Schluck aus der Maggiflasche auch ganz gut mundet.

Ich möchte gar nicht an frühere Restaurantbesuche denken. Der letzte Besuch beim Inder endete nicht ganz so wie wir uns das erhofften: Finn verlor ziemlich schnell die Geduld um auf sein Essen zu warten, obwohl ich schon eine Pipeline zum Herrenklo baute, damit er immer neues lauwarmes Wasser mit Karottensaft bekommen konnte. Es nutzte nichts. Ihm schmeckte irgendwie die Kneipe nicht. Als nach langer Zeit des Schreiens ein Teller mit etwas Grünzeugs und einer Tomate kam, bedankte sich Finn mit einem vehementen Schwung seines Löffels und der Kellner brachte ohne seine Miene zu verziehen die Scherben in die Küche.

Ach, oder die Einladung letztes Wochenende zur Restaurant-Eröffnung von Astrid und Saeed: Ich habe mich auf diesen Abend richtig gefreut. Leckeres persisches Essen, viele Freunde, die ich in den letzten 16 Monaten sträflich vernachlässigt habe.

Doch schon unser Einmarsch in das „Saray" war ein schlechtes Omen: noch niemand da, außer die Bedienungen. Im Lounge-Bereich fand Finn sein bis dahin noch nicht gekanntes Paradies. Unzählige

Kerzen, Wasserpfeifen, Aschenbecher und Gläser auf niedrigen Tischchen in einer optimalen Räum-mich-ab Tischhöhe. Dieses Hinterher-Hecheln zur Vermeidung eines Totalbrands dauerte nicht lange. Wir entschieden – schlecht gelaunt – unseren Rückzug anzutreten, um zu Hause Spaghetti aglio e olio zu essen.

„Hier bringe ich euch ein Buch, damit die Zeit schneller vergeht", zerstört plötzlich der Kurzhaarschnitt unsere schon fast heimelige Isolation.

Ich antworte empört: „Das ist nicht dein Ernst, oder? Das reicht vielleicht für zwei Minuten. Hol doch den Arzt und er stellt schwupsdiwups Windpocken fest und wir gehen wieder."

Was ich zum Glück erst kurze Zeit später bemerke: das Buch war für sechs Jährige zum Lesen lernen und hatte extrem wenig Bildmaterial.

„So einfach geht das wirklich nicht!", kontert Petra.

Petra ist wieder zurück geschlürft, während ich noch einige bekräftigende Argumente, wie z. B. „Schönen Dank für die Hilfe" und ähnliches hinterher schreie.

Finn findet das Buch weniger interessant. Eher schon andere Patienten, die schnell an uns vorbei zur Anmeldung eilen. Irgendwie finde ich, das hier kenne ich alles schon – alles schon mal erlebt, aber in vertauschten Rollen und nicht beim Kinderarzt, sondern im Zoo. Sämtliche Elternteile halten natürlich ihre Schützlinge fern von uns Aussätzigen. Hätte ich was zu Schreiben mit, würde ich ein Schild in unsere Kabine hängen mit der Aufschrift: „Abstand vor dem Käfig wahren" oder „... aber bloß nicht füttern".

Eines meiner Grundprobleme mit Finn ist, dass ich bei seiner Beaufsichtigung an Langeweile und gleichzeitiger Überforderung leide. Wie gehts: Man sitzt da, Finn versucht zwei Streichholzschachteln aufeinander zu stapeln, und versucht und versucht. Ich sage vielleicht noch „na", dann entspannt sich mein Ziliarmuskel und die Gedanken schweifen ab. Eine Sekunde später versucht man dann das Kind vor dem Ersticken zu retten, da in seinem Rachen einige Streichhölzer quer stecken.

So auch hier in der Isolation. Plötzlich steht vor mir die Arzthelferin und reißt mich jäh aus meinen Gedanken. Dabei war ich so schön abgerutscht und paddelte in Gedanken auf einem großen See in einem Einer-Kanu, und es war so schön ruhig und einsam. „Na das ist ja wohl nicht im Sinne des Erfinders! Hol ihn bitte schnell herein, bevor der Arzt gleich kommt", sagt die Helferin. Auch die kannte ich schon von unserem letzten Besuch. Wir waren im Hubschrauberzimmer. Finn hatte überhaupt kein Interesse an den Spielsachen und dem aufgebauten Hubschrauber-Auto. Er fand den Schreibtisch mit den verchromten Instrumenten und den Patienten-Karteikarten und die Computertastatur wesentlich spannender.

Plötzlich stand diese Helferin hinter uns und wollte die Krankengeschichte von Finn in den Rechner eintippen. „Was ist denn hier los. Alles verstellt und die Maus, wo ist denn die Maus?"

Finn sagt „Dohh!" und zeigt an die Decke. Ich sage gar nichts und guckte auf den Boden.

„Nein, Finn wo bist du denn?", rufe ich entnervt. Finn versucht außerhalb der Kabine, den einzigen welken Blumentopf nach unten zu bugsieren. Wahrscheinlich will er einen freien Blick auf Karstadt oder besser die heiß geliebte Tierabteilung im Erdgeschoss von Karstadt, oder die Rutsche in der Kinderspielecke im 4. Stock.

Ich springe auf und zerre ihn wieder in die Box zurück, die jetzt keine Möglichkeit des Wendens und Bückens mehr erlaubt. Ich stehe der Arzthelferin, wie ich finde, viel zu dicht gegenüber und dann diese Hitze und Finn. Finn grinst sie überglücklich an. Ob er vermutet, dass es jetzt für ihn interessanter wird? Ich schmeiße ihn auf den verschlissenen Kunststoffbezug und ziehe ihn hektisch aus. Die Helferin stellt wieder unentwegt Fragen, die ich unkonzentriert beantworte. Ich bin nicht in der Lage, das strampelnde Kind aus- oder anzuziehen und dabei noch irgend eine andere Tätigkeit zu verrichten. Könnte ich das, hätte ich sicherlich eine Ausbildung als Flugkapitän im Airbus angefangen. Der Helferin scheint das egal zu sein – und mir auch – ich antworte ohne Sinn und Verstand.

Der Arzt betritt nun ebenfalls den Quadratmeter und klopft mir mitleidsvoll auf die Schultern: „Da ist ja Blondy."

Blondy schaut auf und fängt an aus tiefsten Lungenflügelzonen Sauerstoff zu mobilisieren um kurz darauf maßlos intensiv zu Brüllen. Der Arzt, Dr. Schmitterts, beruhigt mich und sagt: „Ein klassischer Fall von Fremdeln". Ich erinnere mich an den letzten Arztbesuch: Klopfen, Blondy, Fremdeln, alles war genauso wie heute, nur fand es im Hubschrauberzimmer statt und ich sprach damals mit dem Arzt. Heute spreche ich mit dem 10 cm von mir entfernten Brustkorb des Dr. Schmitterts.

„Er hat Windpocken und wir brauchen eine Bescheinigung für die Kita."

Der Brustkorb antwortet: „Da gucken wir doch gleich mal in den Mund. Die Voraussetzungen sind jetzt ja ideal." Finn kreischt, als ob jemand seine Gliedmaßen abhacken wolle, obwohl weder der Arzt noch die Helferin ihn berühren.

„Na das sieht ja gut aus!", konstatiert der Brustkorb. Obwohl ich schon wegen Platzmangel auf meinem Rucksack stehe, scheint Herr Schmitterts ein besonders langes Exemplar zu sein. Ich schaue nach oben und erkenne, dass noch eine Handbreit Platz zwischen der Decke und der Frisur des Arztes ist. Er bemerkt meinen Blick und entschuldigt sich.

„Das ist ja Schade, dass die Halogenspots schon wieder den Geist aufgegeben haben. Wir wechseln die permanent aus." Ich bin mir nicht sicher, ob die Spots nicht absichtlich ausgedreht wurden, damit Herr Schmitterts Frisur unbeschadet den Isolationsbereich übersteht, schreie aber stattdessen: „Das waren noch Zeiten mit der guten alten Glühbirne."

Susanne vermutet, dass Finns Abneigung gegenüber dem Arzt daran liegt, dass dieser immer schwarz gekleidet ist und graue Haare hat. Ich weiß nicht so genau. Mein großer Bruder ist auch grauhaarig und bevorzugt auch die Architekten-Uniform. Finn findet ihn jedoch immer ganz putzig. Das Gute an dem tosenden Geschrei ist jedes mal, dass es die Untersuchung zeitlich deutlich abkürzt.

Nach vielleicht zwei Minuten ist der Brustkorb stark dazu geneigt, die kontaminierte Stätte mit der Feststellung: „Windpocken, ganz typisch, Windpocken!", zu verlassen. Jedoch ich versuche ihn aufzuhalten: „Da habe ich noch was festgestellt."

Er bremst widerwillig ab, aber hat sich sofort wieder – jetzt außerhalb der Box – unter Kontrolle: „Wo drückt der Schuh?"

Ich antworte unsicher: „Wir stellen zur Zeit bei Finn fest, dass er immer öfter aus dem Mund schäumt. Ich meine, es kommen immer wieder Luftblasen aus seinem Mund. Hat das vielleicht was mit dem Hautausschlag zu tun?"

Nein, ich habe nicht gesagt „Tollwut" und eigentlich wollte ich so was auch gar nicht fragen. Aber Susanne sagte auch, frag ihn nur mal nach den Luftblasen und das er immer so schwitzige Füße hat, und das dritte habe ich vergessen.

„Aha, Blondy ist eine Seifenblasen-Maschine" höre ich den Arzt spöttisch „dann platzieren wir ihn mitten rein ins Wartezimmer. Dann haben alle anderen Kinder auch was davon." Alle lachen. Ich eher verlegen, wegen so einer doofen Frage. Er eher triumphierend, ob seines guten Witzes und die Helferin eher zwangsweise, des Angestelltenverhältnisses wegen.

Er ist weg und die Helferin redet jetzt allein auf mich ein: „Bitte wartet kurz hier. Ich bringe ein Rezept euch beiden rein." Sie geht und Finns Heulerei auch. Ich steige von meinem Rucksack.

Finn ist nach solchen Schreiattacken immer recht anhänglich und Papa kostet diese kurze Zeit mit ihm aus. Er plappert: „TUT-TAT-TAT", ich antworte: „Soso."

„TUT-TAT-TAT", ich erwidere: „Ja ja, kleiner Finn." Bei irgendeiner der vielen Wiederholungen dieser Konversation höre auch ich das vorbeifahrende Feuerwehrauto und antworte: „Tatütata!" Er grinst über beide Backen und antwortet bestimmt: „TUT-TAT-TAT" und wir beide sind glücklich. Das schwarz-graue Monster ist weg, die Krankheit definitiv bestätigt und wir können gleich den Heimweg antreten.

Die Kerze, das übrige Essen und das Kind eingepackt verlassen wir unsere traute Glaskiste in unterschiedlichen Richtungen. Finn möchte die Türe zur Anmeldung, ich zum Ausgang einschlagen. „Na wo will den das kleine Dummerchen hin?" spottet Papa und zerrt ihn zum Ausgang. Was bewegt ihn bloß wieder näher an sein Schrei-Epizentrum zu drängen?

Kaum im Treppenhaus angekommen brüllt die Petra uns hinterher: „Und was ist mit dem Rezept?", schwenkt dabei ein Zettelchen überlegen hin und her.

„Ach ja" antworte ich und versuche das Rezept zu greifen. „Drei mal am Tag auf die Bläschen verteilen und Vorsicht nicht in die Augen bringen, sonst gibt es ein großes Geschrei", gibt sie mir mit auf den Weg.

„Soso, dann gibt es ein Geschrei!", antworte ich eher abwesend als gehorsam zuhörend, wobei ich ihr endlich den Zettel entreiße.

Kapitel 2

Wir machen uns, sobald unten einigermaßen wohlbehalten angekommen, auf den Weg Richtung Mozart Apotheke: mit der rechten Hand schiebe ich den Kinderwagen, mit der Linken mein Fahrrad. Auch mit Links versuche ich all die vielen Gegenstände, die aus Finns Kinderwagen bugsiert werden, wieder einzufangen und zurück zuschmeißen.

Dieses Spiel kenne ich ach so gut: mit dem Fuß wird das Fläschchen über Bord gelupft, während sein rechtes Händchen die Mütze auf den Gehweg pfeffert, um dann mein Abtauchen nach den Sachen auszunutzen und den Rest auf der anderen Kinderwagenseite zu entsorgen.

Beim Betreten der Mozart Apotheke in der Wiener Straße frage ich mich: Wann war ich eigentlich das letzte Mal wegen meiner Belange in einer Apotheke?

Darauf machte Dagmar mich neulich über E-Mail aufmerksam.

Dagmar, eine ehemalige Klassenkameradin hockt irgendwo am Bodensee und ganz gleich wann und wie oft ich ihr eine E-Mail schicke – sie antwortet postwendend. Hat sie denn eigentlich immer Zeit um vor dem Computer zu hocken?

Der Bodensee ist doch landschaftlich ganz apart. Das ist hier in dem Naherholungsgebiet um Berlin ganz anders. Diese Märkische Einöde ist so überhaupt nicht mein Ding und ich kenne mich hier aus. Habe fast jeden Sandweg mit dem Fahrrad durchschlittert um eine Umland-Radkarte am Markt vorbei zu veröffentlichen. Unfruchtbarer Boden und Kiefern so weit das Auge reicht. Höchstens mal von einer bräunlichen Brühe, einem See, unterbrochen.

Also Dagmar, die die sich auch gerne in Nachmittags TV Talk-Shows beteiligt, welche dann z. B. solche Themen, wie „Mein Mann, der Arsch" ausdiskutieren. Ich glaube sie sieht dieses TV-Hobbing eher als PR-Aktionen um ihren schlecht verkauften neuen Roman, samt der Internetadresse, in die Kamera zu halten.

Also, diese Dagmar fragte mich vor kurzem, wo denn eigentlich meine Hypochondrie geblieben wäre.

„Keine erschreckenden Krankheiten seit Finn's Geburt? Was ist los? Ging dir die Puste aus?"

Sie hat Recht. Aber was heißt denn überhaupt nie wieder krank? Ich bin seit 16 Monaten permanent krank. Finn schaufelt mir alles rüber, z. B. habe ich seit fünf Wochen Schnupfen. Niemand hat so lange Schnupfen, nur ich und der Mobs.

Aber Dagmar hat wirklich recht. Seit zwei Jahren habe ich keine rasenden Herzanfälle, oder vermutete Darmkrebs-Erkrankungen, oder auch nur selbst diagnostizierte Gehirntumore. Tatsächlich. Aber wo soll ich auch noch die Zeit nehmen mit solchen Sachen zum Arzt zu gehen? Die Zeiten, wo ich wegen vermeintlichen Herzattacken Spezialist um Spezialist konsolidierte sind vorbei. Ich erinnere mich noch genau an den Kardiologen Prof. Bebler, der mich nach vehementer Aufforderung meinerseits einen halben Tag unter- und durchsuchte. Schlimmste Herzmuskelkrämpfe ließen mich wochenlang Angst schweißgebadet durch die Welt vegetieren. Sein Fazit: Sämtliche seiner Patienten, die momentan in seinem Wartezimmer sitzen, würden mit Kusshand ihr Herz gegen meines eintauschen. Harte Worte, aber die Stiche waren weg, bzw. gingen am nächsten Tag hoch ins Auge ...

... oder meine Sprunggelenksbeschwerden. Der Orthopäde, welcher ein Insidertipp von Susannes Schwangerschaftsjoga-Tante war, stellte schnell fest: „Das ist ganz klar. Die Schmerzen rühren von einer Tiefstellung der Niere her."

Endlich hatte ich mal jemand, der meine Schmerzen erkannte und eine Ursache zu finden bereit war. Ich musste dann zig mal zum Osteopathen. Jedes mal 30 Euro bezahlen. Und ich sollte bei der Behandlung gewaltig mithelfen: Ich auf der Behandlungsbank liegend - er mir in den Bauch drückend, versuchten wir meine rechte Niere unter Androhung von roher Gewalt wieder Richtung Leber zu arrangieren. Nach 10 Behandlungen fragte ich den rabiaten Künstler, ob die Niere nicht wieder runter fällt, wenn ich aufstehe. Er antwortete mit einem zögerlichen: „Tja". Ich glaube dieses „tja" und die Schinderei waren dafür verantwortlich, dass mein Knöchel keine Lust mehr auf Schmerzen hatte, ganz abgesehen von den Bauchschmerzen durch das Nach-Oben-Ziehen.

Finn schmeckt die Apotheke nicht. Ein Lockenkopf taucht hinter dem Tresen auf, dem ich brav das Rezept gebe. Der Lockenkopf ist der Inhaber dieser Apotheke. Ich kenne ihn.

Als wir die Schreitherapie cancelten hatte Kerstin, unsere – besser Susannes – Hebamme, eine neue großartige Idee: „Vielleicht wird euer kleiner Sonnenschein an Mamas Brust nicht satt und er schreit aus Hunger."

Eine neue Vermutung brauchte auch immer einen neuen Therapieansatz. Dieses Mal sollten wir das Kind vor und nach dem Saugen wiegen, dann gab es wieder Tabellen mit Alter und Gramm je Stillen und Tag und Woche und so. Es musste aber natürlich eine Spezialwaage aus der Apotheke sein, die ich damals von dem Lockenkopf auslieh. Nein, nicht eine sondern drei verschiedene. Wir glaubten immer, dass die Waagen nicht intakt waren. Das Messergebnis war oft nach dem Stillen geringer als zuvor. Das konnte ja nur an der Waage liegen.

Nach einigen Wochen brachten ich und Finn die zuletzt ausgeliehene Waage wieder in die Mozart Apotheke zurück. Finn schrie schon am Eingang aus vollem Hals und wir mussten auch gar nicht warten bis wir an der Reihe waren. Der Lockenkopf nahm uns die Waage mit der Feststellung: „Ohh, das hat wohl nüscht genutzt", wieder ab.

Heute glaube ich, dass der Gewichtsverlust eher durch Finn's Absonderungen in flüssiger, wie auch fester Form herrührten als durch zu wenig Saugen. Die Hebamme erkannte solche einfachen Erklärungen eher selten: „Er ist noch nicht angekommen. Das erkenne ich an seinen typischen Kreisbewegungen. Lasst dem kleinen Wurm noch etwas Zeit." Sie war unschlagbar in ihrer eigenen Zeiteinteilung. Nach ca. 58 Minuten stand sie auf und ging zur Wohnungstür: „Und wenn was ist ruft mich an. Ich habe aber nächstes Wochenende keinen Dienst." Woher wusste sie eigentlich immer, dass die 60 Minuten rum waren? Wir mussten jedes Wochenende ihre Vertretung telefonisch um Rat fragen, da wir immer nervlich am Ende waren. Woche für Woche und Wochenende für Wochenende.

Die Hebamme hatte keine Kinder, aber wie sie immer betonte eine Katze. Ich konnte mir damals schon vorstellen warum: ein Schnurren ist ihr lieber als ein Schreien. Nach meiner Meinung hatte sie Finn nicht so richtig im Griff. Irgendwann resümierte sie dann auch: „Da habt ihr aber einen willensstarken

Sohn. Da müsst ihr aber in Zukunft hart sein, sonst tanzt der euch auf der Nase rum." Hart im Sinne von diszipliniert und konsequent. Sollte sie das gemeint haben, das haben wir bis heute nicht umsetzen können.

Der Inhaber reicht mir eine Packung mit Antijucksalbe und noch eine andere Arznei über den Tresen rüber. Wir gehen ziemlich rasch wieder aus der Waagen-Apotheke.

Leider achte ich nicht auf den unbedingt einzuhaltenden Sicherheitsabstand zwischen Finn's Spannweite und der nicht fest zementierten Welt. Der Rotzlöffel erreicht noch irgend eine Spendenbüchse auf einem Regal und diese klirrt auf den Steinboden. Ich schaue abgenervt an die Decke. Finn tut es mir gleich und der Papa hebt die Dose wieder auf: Spenden für die Evangelische Tabor-Gemeinde.

Ist das nicht der Verein, der mir zum 40. Geburtstag eine Karte zum Geburtstag geschickt hat und zusätzlich mich anrief und alles Gute zum Geburtstag wünschte? Kein Kontakt jemals vorher. Ab dem 40. denkt die Kirche, dass du jetzt auch mal an Gott und den Tod und an die Tabor Gemeinde denken solltest. Das Dahinsiechen ist schon am Horizont zu sehen. Und es soll ja niemand hinterher sagen, dass man nicht rechtzeitig gewarnt worden ist.

Ich rächte mich etwas später an dieser Marketingaktion, indem ich in Funktion als Gremiummitglied für die Vergabe von Öffentlichen Mitteln den Antrag dieses Vereins für eine Solaranlage ablehnte. Böse Blicke treffen mich bis heute noch, wenn ich dem Kirchenbediensteten begegne. Wenn der wüsste, dass unser Sohn in seinem vereinseigenen Kindergarten hockt.

Kapital 3

Susanne war ganz paranoisiert: das Kind muss getauft werden. Mir war es eher wurscht und wenn schon dann hätte ich den Buddhismus bevorzugt.

Unsere Chefin bestand auf das ordentliche Christentum und durfte dann auch den Ort, die Zeit und das Prozedere bestimmen. Knapp unterhalb Dänemarks, direkt an der Nordsee, an der Stätte ihrer Taufe sollte alles vonstattengehen. Meine Eltern und mein großer Bruder wurden via Hamburg und Mietauto eingeflogen. Meine Schwester samt Mann und den Kindern Annika und Katharina quälten sich 10 Stunden auf der Autobahn quer durch die Republik. Ingrid, die die an meinem großen Bruder hinten dran hängt, kam einen Tag später an und ging auch wieder einen Tag früher. Ich glaube sie mag Familienfeiern genauso wie ich.

Die ganze Mannschaft stopften wir in eine umgebaute Windmühle nahe des Witzworter Gotteshauses.

Susannes Teil – Eltern und Bruder mit Natalie und den drei Kindern – wohnten soundso in dem Nest. Mehr Gäste wollten wir uns nicht leisten.

Den Taufspruch sollten wir, samt Liedervorschläge, bei einem vorab stattfindenden Taufgespräch präsentieren. Leider war ich zu diesem kirchlichen Ereignis verhindert und gab Susanne einige Vorschläge, die ich im Internet unter „Taufspruch" ausgewählt hatte, mit. Bei meinen Vorschlägen wurde die Frömmigkeit eher in den Hintergrund gestellt, aber den eigentlichen Spruch, den Susanne und der Pastor aussuchten, habe ich vergessen. Sicherlich was mit anderen Helfen und Gutes tun.

Den Pastor kannte ich schon von der Beerdigung der Oma Hansen: Fromm aussehend, viel jünger als Susanne und ich, stets versucht seine viel zu vielen Zähne durch Zusammenpressen der Lippen zu verbergen. Dieses Lippen-Quetschen sah immer wie ein Dauergrinsen aus. Aber eigentlich war er ganz nett.

Hatte unheimlich viele Kinder produziert und sah trotzdem nicht so müde aus wie wir.

In der Nacht vor den „Feierlichkeiten" war in der Mühle schon mal ausgelassenes Picheln angesagt, während ich dem Klärchen, also Susannes Mutter und ihrer Nervosität ab 22 Uhr beistehen musste. Irgendwie kam sie mal wieder in Zeitverzug und hatte dank ihres konzentrierten Vorgehens einige Probleme mit den zwei vor ihr liegenden, tiefgefrorenen Teigklopsen. „Jetzt weiß ich gar nicht mehr, ob ich in den Teig Backpulver getan habe. Was soll ich denn jetzt bloß machen?", stöhnte Klärchen vor sich hin.

„Kein Problem, dann arbeiten wir das eben nachträglich ein", versuchte ich sie zu beschwichtigen und dachte nur, dass ich ja sonst nichts zu tun habe.

So stand ich also in Klärchens Küche und schüttelte in den, in der Mikrowelle zumindest teilweise aufgetauten, Teig ein Päckchen Backpulver nach dem anderen. Ich knetete, während Susanne mit sich, Johann mit dem Schlaf und Klärchen mit ihren vielen Fragen beschäftigt waren.

„Glaubst du nicht, dass der Teig jetzt zu doll nach Backpulver schmeckt?", fragte Klärchen.

„Ganz sicher nicht!", kam meine selbstsichere Antwort, als ob ich der geborene Backpulver-Spezialist wäre. Backen ist nicht so mein Ding. Mit dem ganzen Gerühre und dem verbrannten Ergebnis. Ganz im Gegensatz zum Kochen und dem entspannenden vor sich hin blubbern. Natürlich regten sich in mir große Zweifel, ob der Richtigkeit meines brutalen Backpulver-Schüttelns: schmeckt man eigentlich Backpulver, oder um wie viel verdoppelt sich ein Teig bei viel zu viel Triebmittel?

„Kannst du nicht die ganze Torte fertig machen?", fuhr oder besser fragte Susannes Mutter fort.

„Eher nicht! ich weiß ja gar nicht, was du da Backen willst, und ich muss auch noch unbedingt..." Keine Ahnung mehr, was ich als Ausrede vorbrachte. Aber ich hatte überhaupt keine Lust diesen Klops zu formen, zu belegen, zu verzieren und in und aus dem Ofen zu schieben.

Schon spürte ich die Entstehung eines neuen Fragezeichens hinter meinem Rücken: „Ich bin mir jetzt ganz unsicher. Habe ich doch Backpulver vor dem Einfrieren in den Teig gegeben? Wenigstens in Einen. Aber in welchen? Und dann ist jetzt ja viel zu viel drin. Was machen wir jetzt bloß?"

Die Fragen wurden immer undeutlicher, je näher ich meinem Bett kam. Doch noch tief in der Nacht kamen mir unzählige Fragezeichen entgegen und ich dachte nur: Was macht die denn nur, oder besser was fragt die denn nur und vor allem „wen"?

Der Tag des Herrn begann amüsanter als ich vermutete. Fast die ganze Belegschaft wollte vor der Taufe noch den normalen Gottesdienst, der unter dem Motto „Bibelsonntag" stand, aufsuchen. Die Mühle kam in einem kleinen Autokorso angefahren. Johann und Klärchen und Susannes Bruder Klaus rannten zu Fuß zum Gotteshaus. Wir blieben beim Kind, da ja das Goldschätzchen samt Eltern noch schön gestriegelt werden sollte.

Am Fenster sah ich wie die ganze Mühle samt Susannes Eltern nach schlappen 10 Minuten wieder 'gen Mühle zurück düste. Was war denn nun passiert? Leider erschien außer unserer Mannschaft und dem Messner niemand. Das ist ja für den ungläubigen Norden an und für sich nichts Besonderes.

Na doch: der Pastor sollte schon vor Ort sein! Susannes Bruder, Klaus erkannte schnell die Situation: „Gestern Abend war Dorfball und da haben sie dem Pastor wohl etwas viel ins Glas geschenkt, nee."

Er ging zum Wecken ins Pastorenhaus und pünktlich zur Taufe erschienen dann alle notwendigen Personen zur, eigentlich nach dem Gottesdienst, stattfindenden Taufe. Die Mühle hatte die Zeit mal wieder mit Alkoholischem überbrückt und der Pastor sah gar nicht so gut aus.

Außer Finn gab es nochmals eine Taufe. Des ansässigen Zuhälters Enkelkind. Der Zuhälter selber war nicht anwesend. Ich weiß jetzt nicht mehr, ob Susanne sagte er ist im Knast oder er hat sich umgebracht.

Der Pastor nahm die ganze Veranstaltung nicht so besonders ernst, hatte ich den Eindruck. Zuerst hatte er kaum eine Stimme, später verwechselte er die Namen der Täuflinge und die von Susanne ausgesuchten Lieder wurden gecancelt. Ratzfatz war die Veranstaltung auch schon wieder vorbei.

Das Essen im Roten Haubarg war dagegen viel zu lang. Finn musste unentwegt den Tisch aufräumen und Klärchen danach den Magen. Johann hatte viel Spaß mit Ingrid, was mich enorm überraschte. Eigentlich ist er eher stur und unkommunikativ, eher introvertiert oder schläft.

Mein Vater, „Schorschi" langweilte mit seinen lateinischen Versen die übrige Festmahlschaft.

Nein, nicht alle. Klärchen, die ebenfalls mal Latein in der Schule hatte war begeistert, über all das Wissen. Mein Vater wohl gemerkt hatte keines in der Schule. Und wir kannten auch seine ganzen Sprüche, wie „o tempera, o mores". Erst an Weihnachten musste ich mit ihm zur Notaufnahme ins Krankenhaus wegen seines Darmverschlusses. Zwischen seinen Schreianfällen kam immer noch der eine oder andere Lateinbrocken auf den hoffnungslos überlasteten Assistenzarzt. Dieser war des Latein noch weniger mächtig, als der Medizin: „O tempera, o mores, kenne ich nicht, wo bleibt denn bloß meine Kollegin."

Nachmittags gab es dann in der Mühle Sahnetorten für die Norddeutschen und Käsekuchen mit Rotwein für die weiter Südlichen. Klärchens Nachtschicht-Torte nannte sich nun Apfelmustorte und überschritt zum Glück nicht die noch tolerierte Normhöhe für Backwerk. Vielleicht auch nur, weil Klärchen das untere verbrannte Drittel weg skalpiert hatte.

Die Torte schmeckte recht gut, fand ich. Im Gegensatz zu der Vielzahl Sahnetorten. Da war es ganz wurscht, ob die sich Schwarzwälder-Kirschtorte oder anders schimpften. Alle schmeckten gleich nach Sahne und Butter. Nur die Deko bestand entweder aus einer Kirsche, oder einer Nuss oder anderen namensgebenden Accessoires.

Fazit: ein Lampenschirm war in der Mühle durchgebrannt, ich habe Herpes am ganzen Oberschenkel bekommen und Susannes komplettes Silberbesteck ist seither verschollen und ihr schwarzer Blazer ist weg. Dafür haben wir jetzt ein zusätzliches Handtuch mit der Aufschrift „Sauna" im Schrank und eine Taufkerze müsste irgendwo in der Wohnung rum stehen.

Finn hat bis zum heutigen Tag aber auch gar nichts an Christlicher Grundeinstellung an den Tag gelegt. Da bildet er aber auch keine Ausnahme. Die meisten Kinder auf dem Spielplatz sind extrem gemein und hinterhältig zueinander. Da wird schon mal gezielt gespuckt und zugebissen. Dies wird nur durch die Gattung der Mütter übertroffen. Wehe Finn entleiht sich ein kleines Förmchen. Nicht nur, dass das Opfer an seinem Eigentum reißt und zerrt: die Mama kommt und kennt keine Schranken des gesitteten Miteinanderumgehens.

Das muss der Beschützerinstinkt sein. Zwar scheint mir dieser doch schon bedenklich domestiziert, da weniger das Kind als diese Sandförmchen beschützt werden. Väter sind da nach meinem Kenntnisstand anders, eher gleichgültiger und mit anderen

Dingen beschäftigt. Die lesen Zeitung, oder zocken, oder träumen anstatt die eigene Brut zu beschützen. Aber nur solange bis die Mamagattung dieses unterbricht und in den Kampf um ihr heiligstes Hab und Gut eintritt. Wie oft ich schon dachte: „Lass rote Förmchen regnen!" Aber ich halte meinen Mund.

Susanne hat mit den Förmchen weniger Probleme, jedoch das Thema Mütter und ihre Gemeinheiten kennt sie gut. Mein großer Bruder nennt dieses Phänomen „Stutenbissigkeit" wenn solche Sätze von Mutter zu Mutter gehen, wie „Ach du Arme, jetzt hast du die schwerste Zeit mit dem Kleinen vor dir. Bin ich nur froh, dass wir das durch haben!" Oder: „Ganz so dick bist du jetzt ja nach dem Abstillen auch nicht mehr."

Von solchen Liebkosungen werde ich verschont. Mir fällt nur immer auf, dass sich andere Mamas immer nach mir auf der Straße umdrehen. Nein nicht ganz, eher nach dem Kinderwagen und fokussieren ihren Blick bei leichter Kopfschieflage auf das Kind. Aber Wehe ich ertappe sie dabei.

Wir lassen nun endgültig die Mozart-Apotheke hinter uns und ich überlege mir, wie wir jetzt die Zeit am problemlosesten bis 20.00 Uhr überbrücken können. Der Kinderbauernhof im Görlitzer Park bringt mindestens noch eine Stunde, oder zu Mama in die Praxis fahren. Mama ist risikoreicher. Es könnte sein sie hat das Wartezimmer voll. Dann würde Finn seine alles geliebte Mama für vielleicht 18 Sekunden sehen. Ich hätte außer den 18 Sekunden kaum Zeit gewonnen. Eher ein großes Geschrei beim Verlassen der Praxis.

Wir wurden auch schon mal dort in die Holdingposition abkommandiert. Finn hatte gleich aus einem Regal irgendwelche Gipsgebisse angeschleppt und ich versuchte die Namensschilder den Gipsabdrücken wieder zuzuordnen, was mir hoffentlich bei allen Unterkiefer-Prothesen gelang. Mama hörte während des Behandelns ihre Finni-Maus schreien und war auch nicht besonders konzentriert. Wir gingen dann wieder heimlich, nachdem auch noch die Schachtel mit anderen Ersatzteilen umfiel. Susanne war recht betrübt. Das Loslassen ist nicht gerade ihre Stärke.

Ich entsinne mich an Mamas erstes Loslassen. Der Papa schenkte der zwei Monate alten, frischgebackenen Mama eine Theaterkarte und wollte zuhause die

Stellung halten. Susanne war etwas zu spät dran und ihre Freundin Carla wartete schon vor dem Theater.

Leider ist das Stillen unter diesen Voraussetzungen eher unergiebig, obwohl Finn beide Brüste aus Leibeskräften anbrüllte. Die Brüste waren gedanklich sicherlich schon im Theater. Das Kind schlief ein, um gleich nach Mamas Abfahrt auch wieder los zu schreien.

Meine Möglichkeiten waren doch eher begrenzt. Es sollte ja nur die gute Muttermilch sein und die letzte Stunde des Wartens schrien dann beide.

Irgendwie ging die Zeit bis zur Ankunft der Theaterbesucherin dann doch vorbei und das Kind traktierte die Brüste und die Mama schluchzte: „Nie mehr lasse ich mein Goldschneckelchen alleine."

Mamas zweiter Anlauf ließ dann doch einige Zeit auf sich warten. Zu dem jährlich stattfindenden Drei-Freundinnen-Come-Together wollte sie nicht fehlen.

Merle aus Zürich, Conny aus Hamburg und Susanne wollten sich irgendwo hinterm Deich für ein verlängertes Wochenende treffen. Finn kotze in der Nacht vor der Abreise oft und intensiv und bekam dann auch noch Fieber und andere Krankheitssymptome. Mama fuhr schweren

Herzen 'gen Deich und Papa teilte sich einen Tag später eine besonders intensiv ausgeprägte Form der Magendarmgrippe mit dem armen Kleinen.

Finn im Arm hangelte ich mich von Strauch zu Strauch um mich zu übergeben. Dabei fing das Goldschätzchen jedes mal aus vollem Herzen an zu lachen, was mich immer noch verzweifelter machte. Dachte er ich sei eine Schaukel mit eingebauter Fontäne? Ich hätte sterben können - er fand es zum schießen komisch.

Auf alle Fälle kam Susanne schlecht gelaunt Sonntag abends zurück und fand uns entkräftet und wehleidig auf dem Küchenboden. Die Mama wurde schwupsdiwups infiziert, so konnten wir uns alle drei nachts die Schüssel reichen. Susanne wollte jetzt endgültig mehr Zeit mit ihrem Schatz – Finn wohl bemerkt – verbringen.

Ich entscheide mich für den Kinderbauernhof aus zeittaktischen Gründen.

Zu Tieren habe ich jetzt nicht den besten Bezug. Ich hatte zwar früher mal einen Kater mit dem Namen „Veit von Stichelstein". Aber da war ich schon 17 Jahre und lange ging das auch nicht, dann wurde er vom Auto zerlegt.

Ja, Insekten mit ihren Facettenaugen finde ich noch ganz nett, aber größere Varianten der Spezies Tier erscheinen mir schon eher bedrohlich.

Anders bei Finn. Er streckt den Eseln sein altes Hasenbrötchen entgegen. Und sobald diese danach schnappen wollen zieht er es weg und verspeist es genüsslich selbst, oder teilt es brüderlich wieder. Dieses Spielchen wiederholt sich bei den Ziegen, Schafen, Gänsen und Karnickeln.

Danach hocken wir uns noch kurz in den Sandkasten und streiten um Eigentumsverhältnisse von Eimerchen und Schippe, bis es dann auch wieder Zeit wird zu gehen.

Am Schweinestall bei 'Pippi, dem stinkenden, fetten Hängebauchschwein' treffen wir Fine und ihre Mutter. Fine ist eine Kommilitonin von Finn, oder besser ein Mitkindergartenkind. Die Mutter erzählt mir, dass sie die Windpocken hatten (sie meint mit „wir" natürlich das Kind hatte die Pocken und die Eltern den Ärger) und jetzt zwei Wochen Urlaub auf Gomera machten.

„Und wie war's denn dort" frage ich neidisch und beruhigt, da Finns Pocken wohl keinen Nährboden mehr bei Fine finden können.

„Na ja es ist halt anders als früher. In der ersten Woche hatte Fine Magendarmprobleme und dann konnte man halt auch nicht so gut wandern und zuhause schlafen die Kleinen einfach besser".

Ich kenne diesen Ausdruck schon: „anders". Er klingt nach Abwechslung ist aber nach meiner Auffassung bei vielen ein Synonym für „nicht so gut, wie früher".

„Was machst du eigentlich beruflich so?" fragt die Mutter mich ablenkend.

„Was wird man schon in der Stadt der unterbeschäftigten Webdesigner machen?" antworte ich schnippisch während ich Finn energisch die Mütze zurecht zupfe.

„Ach du bist Designer. Das ist ja interessant. Dann arbeitest du sicherlich nachts, wenn Finn Luca schläft?"

Ich antworte nicht, sondern schrei: „Nein Finn, das ist nicht deines!" Das ist ein Riesenvorteil mit Kind! Ablenkungsmanöver sind immer möglich und erfolgreich. Schon renne ich hinter ihm her.

Fines Mutter hat auch anderes zu tun, da Fine gerade Appetit an dem Ziegenfutter gefunden hat. Während Fines Mutter versucht das Zeug aus dem Schlund ihrer Tochter zu fischen, schreit sie uns noch hinterher: „Wir sehen uns ja morgen wieder in der Kita".

Kapitel 4

Die Kita. Ich bevorzuge ja „Kindergarten". Ein Ort zum Gedeihen und Aufblühen. Finns Gruppe besteht aus vier Jungs und sechs Mädchen zuzüglich der Heike und der Christine. Das ganze hat den Namen die „Teddys". Es gibt daneben eine andere Gruppe mit einem anderen Namen, aber gleichartigen Kindern und Konzept.

Da Susanne am Anfang des Jahres wieder arbeiten wollte oder musste, hatte ich die wichtige Aufgabe, den Kinds-Eingewöhnungs-Prozeß zu begleiten.

Schon der erste Kontakt mit den Erzieherinnen war in meinen Augen pure Zeitverschwendung. Ich brachte den Probanden pünktlich um 9.30 Uhr in den erzieherischen Behandlungsraum. Dort rannten die anwesenden fünf Kinder bereits tobend im Viereck umher. Ich wurde durch Schikanen und hinterlistige Fallen von den zwei Pädagoginnen zuerst mal in meine Schranken gewiesen: „Um Himmels willen sofort alle, die noch Schuhe anhaben, diese umgehend ausziehen."

Wer konnte damit nur gemeint sein?

„Das nächste Mal bitte alle „neu einzugewöhnenden" Eltern pünktlich erscheinen" und so gingen die Einschüchterungsversuche weiter.

Finn war weg. Zerrte an einem Telefondummy, an welchem auf der anderen Seite ein anderes Kind dagegen hielt. Ich saß auf dem Boden - jetzt ohne Schuhe - und ein Mädchen brachte mir mehr Spielzeug als ich ehrlich heute früh wollte. Dieses Kind roch etwas streng und ich wusste nicht, ob ich befugt war, einen Windelwechsel anzuregen.

Ich sagte: „Wie läuft denn das hier jetzt ab?"

Keine Antwort. Die zwei wichtigen Personen hatten ganz andere Sorgen: Es ging um irgend eine S-Bahnverbindung, und die Unverschämtheit der Bahnobrigen den Zeittakt irgendwie falsch festgelegt zu haben. Danach waren sie mit hochpolitischen Berliner Problemen und deren Lösung beschäftigt. Stichworte, wie 'Schuldenabbau' und 'Umstrukturierung'.

Mittlerweile wollte Finn wieder gehen. Ich auch. Ich wiederholte meine Frage nochmals: „Wie läuft denn das hier jetzt?"

Das stinkende Mädchen drückte sich jetzt an meinen Rücken. Da kam die Antwort: „Na willst du die rabiate Methode oder eher die sanfte, für das Kind die angenehmere?", fragte Christine.

Eigentlich wollte ich wissen, wer sich um all die Kinder hier kümmert und wer dem Mädchen die Windel wechselt. Aber ich sagte: „Wie? Rabiat? Finn geht doch schon vier Wochen mit Susanne zu euch. Das ist doch nicht rabiat."

„Na ja das darfst du bestimmen, was du mit deinem Gewissen vereinbaren kannst. Finn Luca können wir ja leider nicht fragen?" Sie grinsten zusammen.

Ich entschied mich für das rabiate und durfte danach für 20 Minuten gehen. Was macht man im Januar in der Cuvrystraße vor der Kita 20 Minuten lang? Langweilen! Und warten und ganz langsam wieder hingehen und Finn abholen.

Dieses Spielchen ging eine Woche. Dann haben die zwei Bestimmerinnen 38,2 Grad Fieber aufgespürt und Schnupfen und unbedingtes Kita-Verbot. Es zog sich alles wesentlich länger und weich gespülter hin als ich er vermutet hatte. Aber ab Februar war Finn dann endlich angekommen.

So jetzt aber nach Hause. Nein, das Kind braucht Nahrungs-Nachschub, da alles Essbare verfüttert wurde. Wir biegen noch schnell in die Bäckerei an der Cuvrystraße genau unter unserer früheren Wohnung ein. Der Kinderwagen und das Fahrrad müssen draußen bleiben.

„Die Hagere" bedient wie immer. Wir stellen uns brav in die Schlange und Finn dreht sich mit einem „Mama" zu mir um. Ich reagiere nicht. Jedoch die Oma hinter mir: „Hallo, Ihre Tochter ruft Sie. Haben Sie sie nicht gehört?" Ich nicke verwirrt. Sicherlich Finns rote Jacke, aber bei mir erkenne ich nichts Weibliches.

„Solls wieder ein Hasenbrötchen sein?" fragt die Hagere.

Ich nicke und setze Finn ab. Draußen sehe ich, wie ein Köter versucht an mein Fahrrad zu pinkeln. Ich renne raus um ihm einen vorgetäuschten Tritt zu verpassen. Schon von Außen sehe ich, dass Finn sein matschiges Hasenbrötchen an die Glasvitrine schmiert und mit der anderen Hand den Karotten-saft auf die Terracotta-Fliesen tropfen lässt. Ich stürze ihm entgegen: „Nein Finn, nicht die Eier."

Die Packung Eier kann ich noch retten. Bei den Terracotta-Fliesen bin ich mir nicht so sicher. Auf dem Boden kniend, die Vitrine putzend und Finn festhaltend spricht mich eine etwa 30 jährige korpulente Kundin von oben an: „Eines kann ich dir gleich sagen. Besser wird es nicht!" und zeigt auf ihre beiden etwas älteren Kinder.

Mein großer Bruder würde sagen: ein gelungener Stutenbiss. Auch sein Ausspruch: „Hallo ich bin Mutter und ich stehe gut im Futter." Ich befürchte nur, sie hat Recht.

Apropos 'Großer Bruder'. Er wollte mir zu meinem letzten Geburtstag ein ganz besonderes Geschenk machen: „Ich lade dich auf eine Alpenüberquerung mit den Fahrrädern ein."

Typisch kinderlose große Brüder dachte ich. Wo soll ich die Kondition her nehmen? Ja früher da bin ich noch drei mal die Woche gejoggt, fuhr viel Fahrrad und fühlte mich recht fit. Heute sieht das ganz anders aus. Kaum Zeit zum Sport – eher schon zum Kinderwagen schieben.

Er machte sich auch gar keine Gedanken, wer dann auf Finn aufpasst. Sollte Susanne Urlaub nehmen, damit sie ihn Dienstag und Donnerstag ab 14.30 Uhr aus der Kita abholen kann? Ach die großen Brüder. Ich habe dankend abgelehnt.

Wir verlassen zügig den Terracotta-Fliesen Fleck bevor die Hagere noch Regressforderungen erhebt.

Früher war ja hier mal eine klassische Bäckerei - also ohne besonders biologisch einwandfreien Mehlsorten und auch wesentlich preiswerter: die Bäckerei Siontek.

Leider hatte die Mannschaft wenig Motivation, wie mir erschien. Schon am frühen Nachmittag waren alle einigermaßen genießbaren Backwaren ausverkauft. Haltbare und konservierte Brezeln, Speckmäuse und Kaugummis gab's noch.

Ich entsinne mich eines schönen Nachmittags. Die Verkäuferin, eine kurz vor der Rente stehende Kreuzbergerin, sah sich einer großen Schlange Kundinnen und Kunden gegenüber. Leider gab es in der Auslage nur eine gähnende Leere. Alle in der Schlange gierten nach einer süßen Versuchung. Ein besonders Mutiger unter uns Kunden blökte hinter meinem Rücken hervor: „Haben Sie denn gar keine Ware mehr, nicht mal ein Plunderstückchen oder Bienenstich, gar nichts mehr?"

Die Verkäuferin: „Nüsch, mein Herr."

Er ließ nicht locker. „Dann schauen Sie doch bitte mal in der Backstube nach. Das kann doch nicht sein."

Sie ging tatsächlich. Die Schlange wartete geduldig, in der Hoffnung eines voll gefüllten Blechs mit leckeren Backwaren. Und wartete. Es dauerte eine Ewigkeit bis unsere Backfrau wieder hinter dem Vorhang zur Backstube auftauchte: „Alles aus!!!", nuschelte sie, während sie dabei den letzten Bissen von etwas nicht mehr Erkennbaren verschlang.

Sie stand jetzt vor uns mit einem Puderzuckermund und der mutige Kunden hinter mir entlud sich: „Sie haben uns das letzte Stückchen weggefressen, sie dumme Kuh!"

Niemand nahm ein Speckmäuschen, obwohl die Backfrau diese anpries wie sauer Bier, während sie ihren Mund abwischte. Einige Monate später machte diese Backkette Pleite und unsere Backfrau bekam ihre wohlverdiente Rentenzeit.

Vor der Bäckerei treffen wir unsere frühere Wohnungsnachbarin: „Da ist ja mein Sonnenschein" freut sich Olivia.

Sie schenkte Finn ein Kuschelbärchen zur Geburt. Da wir allen Stofftierchen die Namen der Schenkenden gaben, heißt dieses „Olivia Newton John". Es scheint ein gefragtes Modell zu sein, denn wir haben eine sich nur in der Größe unterscheidende „Natalie" und eine „Hilke". Ach nein, „Hilke" ist ein Schaf. „Janka", ein wabbeliger Eisbär ist mir am liebsten. Finn mag „Dr. Sveni" gerne, aber natürlich mit weitem Abstand zum unangefochtenen Favoriten „Frau Hansen".

Schon in der Schwangerschaft schwitzte die Mama auf eine Windel, damit das Herzchen den Duft derselben niemals missen müsse. Später benannte man dieses Tuch nachdem oben etwas Schnur eingeknotet und ein Faden etwas tiefer gezurrt wurde „Frau Hansen".

Diese Windel sieht aus, wie eine deformierte, Geschwulst befallene Voodoopuppe, nur viel gespenstiger. Aber das Einfachste daran ist deren problemlose Vervielfältigung. Schweiß, Schnur, Faden und fertig. „Frau Hansen" existiert zur Zeit in dreifacher Ausführung: Einmal zu Hause, einmal in der Kita und einmal in der Waschmaschine.

Finni-Maus freut sich die Ex-Nachbarin zu sehen, auch wegen des großen schwarzen Köters an ihrer Seite und der brennenden Kippe in ihrem Mundwinkel.

Ich erkenne das Hündchen als den Pisser von vorhin und bin ganz froh nicht richtig nach ihm getreten zu haben. Wegen der guten nachbarschaftlichen Beziehungen.

„Na wie geht es denn dir und Riccardo?" frage ich, während ich den Köter, genannt „Saskia", genau im Blickfeld behalte.

Was für ein unpassender Name. Es ist ein immens großer, schwarzer sehr gefährlich wirkender Kampfhund. Susanne sagt zwar: „Dummes Zeug, nie und nimmer ist der groß und 'Kampfhund' schon gar nicht", aber ich rieche schon förmlich seine Aggressivität. Er hätte sicherlich mein Vorderrad zerfleischt, wenn ich ihn nicht mutig vertrieben hätte.

„Riccardo" ist ihr Mann. Halb so alt wie wir. Kommt ursprünglich aus einem Kaff in der Nähe von Klein Trebbow in der Nähe von Schwerin. Olivia ist „draußen", wie ihre Oma aus dem 1.Stock immer sagte aufgewachsen. Das heißt irgendwo am Stadtrand in Lichtenrade, oder Mariendorf, oder Lankwitz oder so.

Sie mochte Finn immer ganz gern, da auch sie unbedingt Kinder haben wollte. Leider funktionierte es trotz psychologischer und medizinischer Hilfe eher weniger. Riccardo hatte die Schuld, oder eher dessen Sperma, oder noch genauer das fehlende Sperma des Riccardos, also haben sie sich der Aufzucht von Schlangen, Fischen, Kormoranen und dem Köter zugewandt. Ich hatte mich immer geweigert diese Viecher vertretungsweise zu füttern.

„Es muss, es muss, wah?", antwortet Olivia indem sie viel Qualm uns entgegen haucht. „Arbeitslos – beede – jetzte! Die haben Riccardo erwüscht, als was in der Kasse fehlte. Aber die werden sich wundern. Am Freitag gehen wir zum Anwalt."

Der Köter frisst gerade Finns Hasenbrötchen, und ich überlege mir, ob Hunde auch Windpocken bekommen können und antworte: „Ach das ist ja Schade."

„Wat ist denn mit eurer neuen Wohnung?"

Ach ja, wir mussten ja umziehen. Eigentlich war die Wohnung ganz nett. Mir fehlte zwar ein Balkon, doch dank unseres Nachwuchses wurde der Platz immer knapper.

Schon in der Schwangerschaft schleppte Susanne alles an, was es für Geld zu kaufen gab und nur irgendwie durch die Wohnungstür passte. Nein nicht nur die neuen Gegenstände, wie ein riesengroßes Stillkissen, das niemals benutzt wurde.

Beim Kauf eines Kinderautositzes kommt Susanne mit einem Schaukelpferd an, welches sie anscheinend gratis zum Sitz bekam. Es wurde und wird auch die ganze Verpackung in die Wohnung geschleppt. „Wenn ich den Karton schön beklebe mit hübschen Postern, dann hat Finn ein kleines kuschliges Häuschen zum Spielen. Das mochte ich früher auch immer so gern."

Susanne kauft bis zum heutigen Tag täglich neue Gegenstände und ich befürchte, wir ziehen bald wieder um. Vielleicht in das Umspannwerk nebenan.

Meine Kaufleidenschaft ist dagegen gewaltig zurückgegangen. Ich erinnere mich an ein T-Shirt, dass ich für Finn gekauft habe. Es war grün und hatte den Aufdruck „Polizei". Alles mal wieder beziehungstechnisch als Gegenpol zu Textilien, mit Aufschriften wie „My sweet baby". Dieses hat der kleine Racker ein einziges mal auf Rügen getragen. Viele Passanten grüßten mich ehrfürchtig, bis ich mir klar wurde: Die denken das kann nur der Sohn eines stolzen Polizisten sein, der gerne möchte, dass sein Stammhalter in dessen berufliche Fußstapfen tritt. Nie mehr seit Rügen habe ich für ihn Klamotten gekauft.

Rügen. Das war soundso ein ganz besonders schöner Urlaub.

Mein großer Bruder und Ingrid – die die an der Taufe Johanns Temperament umpolte – hatten uns dort für einige Tage eingeladen. Ingrid polte dort eher weniger und Susanne stand schon nachts um drei vor der Hütte und schaukelte den Schreihals ums Karree.

Tagsüber bekam ich einen türkis gefärbten Sack, der am Rücken mit einer großen Schleife zugeknotet wurde umgehängt. Damit sollte das Mäuschen mit auf die Wanderung genommen werden. Susanne hatte diesen scheußlichen Sack von Astrid, die Freundin mit dem persischen Restaurant, ausgeliehen. Ich sah aus wie ein unglücklich türkis gefärbtes Känguru, das beim Verfolgungsrennen den Anschuss verpasste.

Warum mein großer Bruder und Ingrid bei diesen Ausflügen immer rannten, möchte ich nicht wissen. Auf alle Fälle hatte ich immer größte Schwierigkeiten hinterher zu hoppeln.

Doch irgendwann wurde ich von der türkis gefärbten Schürze befreit. Das Känguru und Finn sollten alleine einen Ausflug unternehmen. Ingrid und der große Bruder hatten sich in der Zwischenzeit immer früher aus dem Staub gemacht und Susanne hatte dank ihrer Nachtschichten die Faxen dicke.

Wir hüpften 'gen Wald und Finn schlief auch schnell ein. Ich habe mich dann auch gemütlich abgelegt und einige Stunden später gingen wir die 300 Meter wieder zur Hütte zurück.

Da die Mama glaubte, der Sack hätte Finns Beine eingeklemmt und die seinen schon ganz blau, war ich das Känguru ab diesem Tag los. Meiner Meinung nach färbte die von Astrid aufgebrachte Farbe ab, aber mir war es ja nur recht so. Wir reisten einige Tage unplanmäßig und etwas müde früher ab.

„Ja, recht schön, die neue Wohnung. Nur Schade, dass der Kindergarten direkt gegenüber der Alten liegt. So können wir das Kind jeden Tag 20 Minuten hin und her karren", antworte ich Olivia. Über den neuen Balkon und der unterschiedlichen Nutzungsmöglichkeit habe ich geschwiegen. Susanne machte den Vorschlag dort entweder Karnickelställe zu installieren, oder die ganze Fläche zum Sandkasten umzudesignen. Ich sehe das eher anders. Eher mit Stühlen, einer Liege etwas Grünzeugs und einem kleinen Grill.

Kapitel 5

Ich bin ob der Geschmacksveränderung Susannes soundso etwas in Sorge. Früher hatten wir es sehr zurückhaltend eingerichtet, mehr Raum zum Leben, weniger Getüddel.

Heute hängt alles Wichtige und Zerbrechliche von vorne herein schon mal einen Meter über Grund, ganz gleichgültig ob dies dem Raumempfinden dienlich ist oder nicht. Überall befindet sich unnützes Zeugs, was aber anscheinend „gar nicht so schlecht aussieht".

Zum Beispiel das Badezimmer: Zig Pfropfen um die Zahnbürsten aufzuhängen. Einer sieht aus wie ein Dinosaurier, einer wie ein Frosch, einer wie ein Bärchen und dabei haben wir ein schlichtes Glas als Zahnbürstenbehälter. Alle fallen in gewissen Abständen samt Bürsten auf den Boden.

Ach nein, nur Finns Bürsten. Unsere passen gar nicht in die Pfropfenhalterung, sind zu dick. Susanne hat nun die Anzahl von Finns Zahnbürsten der Zapfen Anzahl gleich gesetzt. Daneben ist eine Schildkröte als Waschlappen, auf dem Handtuch ist eine Weihnachtsstickerei, daneben ein Bärenkostum, in welches das Finni-Mäuschen nach dem Baden eingewickelt wird. Darunter thront eine Batterie aus gelben Quietscheentchen. Aber jede in einer anderen Machart und Größe.

Genau gegenüber dem Badezimmer befindet sich eine recht ansehnliche 2,80 Meter hohe Flügeltür, die ins Arbeitszimmer führt. Diese ist seit zwei Wochen ihrer eigentlichen Bestimmung, und zwar des Durchgehens enthoben. Jetzt wurde quer über die ganze Breite eine Schaukel gespannt, auf der Finn eher seltener hockt.

Ich gehe jetzt über den Flur und das Esszimmer und über die große beklebte Schachtel und dem neuen Dreirad direkt ins Arbeitszimmer.

Das wird sich soundso bald ändern. Zu was brauchen wir ein Arbeitszimmer und dann noch so ein großes? Früher oder später wird das dann Finns Reich, denn in seinem kleinen Zimmer kann das arme Purzelchen doch niemals richtig gedeihen.

Dabei war für mich außer der schöne Balkon auch die Kammer für Finn ausschlaggebend diese Wohnung auszusuchen. Ich dachte, da Finns Zimmer nach hinten liegt, haben wir abends und nachts in den anderen zur Straße befindlichen Räumen unsere Ruhe. Was für ein Trugschluss.

Dieser Zimmertausch scheint schon schleichend begonnen zu haben. Ich sehe neben dem erwähnten Dreirad diese Riesenschachtel mit den von Mama aufgeklebten Fotos mitten im Raum. Oben, quasi als Dach, ist ein Schirm aufgespannt. Aber kein gewöhnlicher: Ein Roter mit schwarzen Punkten und zwei Fühlern.

In der Schachtel hocken einige Kuschelteddys, wie z. B. „Oma-Hüpf". Sogar im Innern der Riesenschachtel sind die Wände mit Postern von goldigen Häschen beklebt. Neben der Riesenschachtel steht eine neue Schachtel mit dem Ausmaß der Isolationskabine beim Kinderarzt. Nur viel niedriger. Und ohne Absaugvorrichtung. In dieser befinden sich Duzende von Plastiktieren, ein Plastikwald und Plastiksteinlandschaften. Alles eher im Zustand kurz nach einem verheerend gewütendem Erdbeben.

Einige Wäscheklammern und meine Sonnenbrille, sowie die Einkommenssteuererklärung von 2002 passen jedoch eher wieder ins Arbeitszimmer, obwohl sie dekorativ ins Landschafts-Inferno eingearbeitet wurden.

Zwischen tapezierter Riesenschachtel und Infernoschachtel quetscht sich noch ein aufgeblasener Sessel mit floralen Applikationen, den ich bis zum heutigen Tag noch nicht als vorhandenen Bestand der Wohnung wahrgenommen habe.

Um das ganze Ensemble ist eine Kuscheldecke drapiert. Höchstwahrscheinlich sind die Aufdrucke besonders pädagogisch wertvoll: Flugzeug, Bus mit Kindern und Katzen, Auto mit Kind am Steuer und Köter auf dem Beifahrersitz, sowie ein Trecker mit mutierten Riesenmäusen auf dem Anhänger.

Unter dieser Fortbewegungs-Themenpark-Decke liegt noch ein kleines Bilderbüchlein mit unheimlich schlecht gezeichneten Signet. Kein Wunder, dass der Herausgeber unter jedes Bild sicherheitshalber die dazugehörige Bezeichnung drucken ließ: 'Katze', 'Milch', 'Kuchen'.

Finn wird mit dieser Abbildung niemals einen Kuchen erkennen. Eine quadratisch flache gelbe Schachtel mit acht Löchern und einer Trennlinie.

Dazu der Text des Verlags auf der Umschlagseite: „Dieses kleine Pappenbuch können Sie gemeinsam mit Ihrem Kind anschauen. Mit Hilfe der einfachen Illustrationen lernt es spielerisch neue Wörter."

Ich bin nun wirklich kein Pädagoge. Aber neue Wörter mit diesen neuen Assoziationen bringen die kleinen Racker sicherlich ganz schön ab von dem eigentlichen Lernweg.

Ich erspare mir das Esszimmer zu beschreiben, da dieses eigentlich der Raum ist, wo sich alle drei am meisten aufhalten, dementsprechend ist hier auch am meisten Spielzeug verstreut. So richtig interessiert Finn sich aber für diese Dinge nicht.

Am liebsten hat er ordentlich funktionierende Telefone, Laptops, Fernseher und Bohrmaschinen. Noch ab und zu eine Waschmaschine, Geschirrspüler, einen Kühlschrank zum auf- und zumachen und Finns Welt ist in Ordnung. Nur haben die Eltern dann keine Welt mehr für sich, oder müssen diese dann energisch zurück fordern.

Oliva Newton John unterbricht meine Träumereien: „Bei euch ist wenigstens Leben in der Bude. Wir streiten schon ganz schön vor lauter Langeweile."

Ich antworte: „Ich bin ja gar nicht der Typ 'Ich brauche Leben um mich', bloß nicht. Ich liebe es aus dem Fenster zu glotzen. Zu gucken, wie da so überhaupt nichts passiert und freue mich dann über das Glotzen und die einzige Aktivität ist Mitglotzern zu winken, um sie dann wieder zu ignorieren."

Das versteht die arbeitslose Tierliebhaberin nicht so richtig scheint mir. „Wir haben jetzt mit unserer neuen Nachbarin auch Leben in die Bude bekommen. Nachts fliegen wir mit einem vehementen Paukenschlag aus dem Bett. Sie hört doch in einer Lautstärke Bayerische Blasmusik und dabei werden die Türen geschlagen. Das war bei euch ganz anders."

Ob die Nachmieterin die Türen zur Blasmusik schlägt, kann ich mir nicht vorstellen. Eher schon ihre Wadeln, oder mit der Axt auf das Holz hackend.

Und mit der Ruhe, das war auch so eine Sache. Kaum war Finn auf der Welt schon tauschten Olivia und Riccardo ihr Schlafzimmer mit dem Gästezimmer aus entfernungstechnischer Hinsicht. Und wie oft brüllte es nachts aus der Wohnung einen Stock tiefer: „Ruhe, verdammt!"

Der Köter liegt mittlerweile fast schon im Kinderwagen. Finn füttert ihn mit seiner Schnullerkette. Oliva Newton John holt eine neue Kippe aus der Packung und ich habe es mir auf dem Fahrradsattel gemütlich gemacht.

Da kommen Carla und Steffen um die Ecke. Ich habe von Susanne erfahren, dass Carla nun endlich schwanger ist, aber ich hätte es ihr auch angesehen. Während der Schwangerschaft, wenn die Zeit des Kotzens am Horizont versinkt, kurz vor dem panischen Nestbausyndroms haben die Schwangeren einen Blick voll grenzenloser Barmherzigkeit. Sogar auch Carla. Eigentlich ist sie eher streng, wie ihre nach hinten zusammen gezurrte Frisur. Kein Pardon und sie erinnert mich eher an Therese Giese, nur etwas vehementer und ernster. Nicht jetzt. Sie schwebt voll innerer Glückseligkeit den Gehweg lang.

Ich denke bei mir, jetzt bloß nichts Falsches sagen.

Zum Beispiel: warte nur ab bis kurz nach der Geburt die hormonelle Schubumkehr einsetzt. Da wird der arme Steffen sein blaues Wunder erleben und die Frisur wird strenger den je nach hinten gezerrt.

„Hallo ihr zwei." Beide strahlen über das ganze Gesicht.

Strahlen habe ich die beiden vorher noch nie gesehen. Eher streiten. Unverblümtes und gemeinstes Streiten. Sogar an ihrer Hochzeit machte er sie und sie ihn blöd an. Obwohl Carla eine ganz herzliche und nette Mutter hat, oder gerade darum.

Ich weiß es nicht. Irgendwie scheint das die gemeinsame Kommunikationsebene zu sein. Steffen ist eher ruhig, wenn er nicht gerade mit Jana streitet.

„Ich habe gehört, dass du eine Praxis eröffnen möchtest am geplanten Geburtstermin", sage ich zu Carla. Sie grinst. „Meine Güte das wir aber anstrengend", fahre ich fort und schon habe ich meine Vorsätze verloren. In wenigen Minuten werde ich beide mit meinen ausgeschmückten Geburts-Horrorgeschichten auf den Boden der Realität schmeißen.

„Sag mal, was hat sich denn eigentlich seit der Geburt eures Sohnes geändert?", fragt Steffen vorsichtig.

„Also eines sag ich euch gleich: Die Beziehung wird dadurch nicht besser!" Stille. Sogar Olivia Newton John, die mittlerweile anstatt des Köters an der Schnullerkette spielt, schaut überrascht auf.

„Na das kann ja dann lustig werden", antwortet Steffen eingeschüchtert. Und ich denke: war das jetzt ein Hengstbiß? Ich müsste mal meinen großen

Bruder fragen, ob es solche Formen der Gemeinheit überhaupt gibt.

Bei mir sind jetzt alle Schweigedämme gebrochen:

„Zwei Wochen nach der Geburt hat mich Susanne nach einer gewohnt schlaflosen Nacht ohne Zähne putzen, ohne Frühstück, kaum bekleidet in das Einkaufcenter zum Noteinkauf gejagt. Ich sollte eine Rotlichtlampe, einen Flaschenwärmer und irgendwelche homöopathischen Beruhigungskügelchen kaufen.

Ich stand vor drei IR-Lampen und vor einer Verkäuferin. Sie bestand immer darauf, dass ich den Einsatzbereich benennen müsste, ansonsten könnte sie mich nicht beraten. Sollte ich sagen: Das schreiende blutrünstige und halslose Ungeheuer hat Mamas Brustwarzen blutig gesaugt, ob dass da noch ein Tropfen mehr raus kommt? Ich entschied mich für die billigste, trotz Warnung der Beratungsfachkraft.

„Ich habe Sie gewarnt" hörte ich sie noch am Flaschenwärmerstand schimpfen und: „Sie brauchen auch gleich einen Desinfektionsapparat. Den brauchen alle, die einen Flaschenwärmer kaufen." Ich hörte aus jeder Ecke Kindergebrüll und nahm den Flaschenwärmer mit den wenigsten Applikationen.

Zu Hause angekommen war Besuch da: Susannes Chefin, samt Freund und Kinder. Die Chefin von der Chefin redete fortwährend von ihrer eigenen Geburt und ihrer zerfetzten Weiblichkeit und irgendeiner aus ihr raus tropfenden Soße und ich hatte Hunger aufs Frühstück.

Nachdem sie die Räumlichkeiten, das Kind und die Geschenke angeschaut und einige unvermeidliche Ratschläge gegeben hatte machten die „Besuchscheffen" sich wieder auf den Nachhauseweg. Ich musste jetzt aber ganz schnell noch mal zum Lockenkopf in die Apotheke und eine Not-Packung Trockenfutter, falls die Brüste den Dienst verweigern, holen. Frühstück gab es dann mit Mittag und Abendessen im Stehen zusammen oder schon im Liegen. Das habe ich vergessen."

Ich erzähle und erzähle. Die Hagere und Oma Gröllbeck aus dem Fenster hören jetzt auch mehr oder weniger gefesselt zu.

„Oder wollt ihr die Geschichte mit dem ersten Besuch von Susannes Mutter 'Klärchen' hören? Ich sage euch 'zum Verzweifeln'. Nach den süßen

Geschenken und schon wieder unvermeidlichen Ratschlägen gab es von Klärchen gleich hinterher Problemlösungsansätze, obwohl sie noch nicht mal ihren Mantel von der Anreise ausgezogen hatte: 'Ihr müsst das Kind pudern. Dann schreit es nicht mehr.' Danach stritten sich Susanne und ihre Mutter. Ich sage euch, was für eine Tortur."

Der Köter schläft, die Oma Gröllbeck am Fenster wedelt mit ihrer Fliegenklatsche: „Da mussten wir alle durch. Das sind die ersten 3 Monate. Mein Bernd war auch immer so jähzornig".

Ach denke ich, ihr Bernd ist heute unser Hausmeister, bzw. unser ehemaliger Hausmeister und bestimmt nicht problemloser als in den ersten drei Monaten. Wenn er nicht besoffen ist, ist er ganz schön aggressiv und seine Tochter Olivia hatte es mit Oma Gröllbecks Bernd sicherlich nicht leicht.

Ich erinnere mich noch als Oma und Enkeltochter Gröllbeck letztes Jahr an der Kreuzung Alt-Moabit/Paulstraße winkend in das gegenüberliegende Gebäude, oder besser in die Zelle 283 des gegenüberliegenden Gebäudes, heulend gewunken haben.

Der Köter und Finn dösen. Steffen gähnt und dabei liegen die schlaflosen Nächte noch vor ihm. Jana träumt bestimmt von Kinderzimmerausstattungen. Olivia Newton John von einer neuen Schlange für das Terrarium und der Papa hört seinen eigenen Geschichten ganz gefesselt zu:

„… und Finns ersten Geburtstag. Ich sage euch ein Geplärre von gleich vier Kindern und Müttern, die sich bei Sachertorte über die unterschiedliche Beschaffenheit des Windelinhaltes ihrer Sprösslinge über Stunden unterhalten konnten: 'Ich weiß nicht, ob ich nicht mal zum Arzt soll, die Kleine hat zur Zeit immer so grünlich-graues Häufchen. Schon fast ins bläuliche gehend. Und ich weiß nicht, ob es nicht ein Schuss zu dünn ist. Da muss mal ein Fachmann einen Blick drauf werfen.'

Finn war an seinem Feiertag etwas abgestresst, da er morgens mit der Mama eine Stunde Babyschwimmen und danach noch eine Stunde Babygruppe mit Anfassen und Schunkeln hatte. Irgendwann brachen bei den Mamas alle Hemmungen und Zurückhaltungen: Ein Video über den letzten Pekip-Kurs wurde abgespielt, wohlgemerkt in Realtime. Gleichzeitig spielte Helen 'Sur le pont, d'Ávignon auf der Flöte, Susanne zeigte Kerstin Fotos von Finn wie er vor einer Woche aussah und beruhigte dabei denselben, indem sie mit ihm das Schotterwagenspiel machte.

Henry nötigte einem anderen Kind einen Zungenkuss auf, der möglicherweise in einen Zungenbiss ausuferte. So genau konnte ich das nicht sehen, da ich zum Betrachten von irgend welchen embryonalen Ultraschallaufnahmen genötigt wurde. Auf dem Video kam gerade die Sequenz, in der alle Mütter im Kreis auf was Ökologisches am Boden hockend das Lied „Ticke Tacke Ticke Tacke" sangen ..."

Die Hagere, selbst keine Kinder, legt dem Köter Leckereien aus der Bäckerei vor die Schnauze. Der Köter schläft. Oma Gröllbeck verjagt mit ihrer Klatsche gähnend Tauben. Jana muss auf der Bank vor der Bäckerei Platz nehmen und mal kräftig durch schnaufen.

Nur der Papa der hat keine Zeit zum Luft holen: „... und er sagt die ganze Zeit 'Mama' zu mir um sich an mir wegen der boshaften Geschichten zu rächen. Dabei habe ich ihm immer gesagt für ihn gibt es nur 'die Chefin' und den 'Chef'. Er kann ja auch Wörter, wie 'aqua' und 'wauwau' sagen, und die sind ja auch ganz schön schwierig ..."

„Da gehts uns nicht besser. Saskia hat es zur Zeit auch ganz schön schwer. Sie hat Probleme mit dem Innenmeniskus", unterbricht Olivia Newton John,

„Wenn die Spritzen keine Linderung bringen, dann..."
Sie fährt sich quer über die Kehle und lässt dabei ihre
Zunge demonstrativ raus baumeln.

„Sollte man nicht lieber einen Kinderwagen mit
drei Rädern haben. Wegen des Fahrkomforts?", wen-
det Dr. Steffen ein.

„... Und das kostet. Jede Spritze 25 Euro. Und das
alles von der Arbeitslosenhilfe. Was sind denn das für
Zeiten. Da möchte ich mal ganz oben bei den Gehäl-
tern anfangen zu kürzen ...", schimpft Olivia, indem
sie an ihre Jacke energisch zupft.

„Ach geh mir weg mit der ganzen Ausstattung.
Alles billiges schlecht verarbeitetes Zeugs. Und dann
maßlos überteuert", erwidere ich zu wem auch immer.

„Was ist denn das für eine Rasse? Ein Black Redri-
ver?", fragt die Hagere.

„Sogar das Einschläfern kostet 30 Euro?
Eine Mischung aus einem Italienischen Oli-
venhund mit was Deutschem", schnaubt Oliva.
Irgendwann unterhält Olivia Newton John die
Hagere, über die Ungerechtigkeit in der ganzen
Welt. Steffen streitet sich mit Jana, wegen drei oder
vier Rädern am Kinderwagen. Oma Gröllbeck redet
mit der Frau gegenüber am Fenster, über ihren Sohn
Bernd und wie goldig er damals war. Finn ist wach

und macht sich im Kinderwagen demonstrativ steif, damit das Augenmerk sich doch bitteschön mehr auf ihn richten solle und ich rede noch einige Minuten ins Leere.

Kapitel 6

Wir, das Fahrrad, der Kinderwagen samt Inhalt und der Papa, schieben ziemlich direkt nach Hause. Das „ziemlich" bedeutet nichts anderes, als dass der Papa versucht möglichst alle auf der Strecke befindlichen Spielplätze und andere zeitraubende Hindernisse zu umfahren.

Kaum zu Ende gedacht landet ein Taubengeschwader direkt in unserer Einflugschneise. Alle angelernten Verhaltensregeln werden über Bord geschmissen und das goldige Mäuschen latscht anscheinend willenlos hinter diesen Viechern her. Wie magnetisch angezogen, ferngesteuert, programmierter Vogel-Hinterher-Lauf-Instinkt. Nur durch einige Spurts meinerseits und großem Geschrei auf Finns Seite können wir nach einiger Unterbrechung unser vormals eingeschlagenes Ziel wieder aufnehmen.

Ich vermute, dass die Ursache dieser Konditionierung in seiner Mama und deren Vorstellung,

Kinder brauchen immer Tiere um sich, liegt. Sei es auf dem Kinderbauernhof, in der Wohnung, in Bilderbüchern oder sonst wo: „Schnell guck Finn, ein Piep-Piep" oder „Hörst du, da muss ein Wuff-Wuff sein". Oder Susanne macht Schweinegrunzer oder sagt: „Papa macht jetzt mal die Gans". Dann muss ich, einigermaßen kultivierter Mitteleuropäer auf der Stelle „goh-goh-goh-goh-goh" schnattern.

Ähnliche Faszination bilden Feuerwehrautos. Die mit großen Leitern ganz besonders. Und laut müssen sie sein und schnell und rot. Ein Stehen vor den Toren der Feuerwehrwache Wiener Straße ist für Finn gleichbedeutend, wie mindestens ein duzend vor ihm landender Tauben. Entweder öffnet sich das Tor und es rast was raus, oder es kommt ein Feuerwehrzug wieder zurück. Besser ist natürlich das Wegrasen.

Da bleiben noch die Spielplätze, sie sind jedoch langweilig für mich: Rutschen-Klettern-Schaukeln-Rutschen-Klettern-Schaukeln. Und dann das Ganze wieder von vorne. Und egal wann ich zum Abmarsch blase, das Kind macht ein großes Gezeter und möchte lieber noch mal rutschen, oder schaukeln, oder klettern. Deswegen kenne ich diese Hindernisse auf unserer Wegstrecke ach so gut und nehme den einen oder anderen Umweg recht gern in Kauf. Wir sind dann bedeutend früher zu Hause.

Die Tauben sind außer Sichtweite. Finn nimmt in seinem Kinderwagen die gewohnte Haltung ein: ein Fuß wird seitlich leger raus gehängt. Meistens hängt der ganze Körper recht schief in der Karre und vielleicht kann der Kopf auch noch irgendwo raus baumeln.

Ich kann mir gut Finns zukünftigen Autofahrstil ausmalen: eine Hand locker aus dem Wagenfenster baumelnd, die andere an dem Lenkrad und der Mieze grabschend. Es kann aber auch sein, dass er dieses Kinderwagenmodell nicht so richtig leiden mag oder das Lammfell darin.

Jetzt verstehe ich auch warum die blöden Schafe auf dem Kinderbauernhof immer den Kinderwagen anblöken: die erkennen ihren platt gequetschten Artgenossen, oder besser, was noch von ihm übrig blieb. Logisch.

An dem Artgenossen kann Finn eigentlich nichts auszusetzen haben: auf Tiere und alles Tierähnliche ist er ja konditioniert. Zumal dieses Stück Lamm auch unter der schwangeren Mama lag und zusammen mit der Frau Hansen nachts beschwitzt wurde. Und das in dem heißen Sommer damals. Aber an der

Kinderwagen-Farbe kann es auch nicht liegen: Mausgrau mit einem leichten Stich ins Taubenblaue.

Da bleibt nur die aufblasbare Offroad-Bereifung. Zwar ist diese in Kreuzberg weniger von Nöten, aber die Hundescheiße geht ganz schön ins Profil, oder ganz schön schwer aus dem Profil. Obwohl Finn mittlerweile eine Technik entwickelt hat um während der Fahrt die größten Brocken ab zu fummeln. Dazu muss man sich schon ganz schön quer in die Karre legen.

Kurz vor dem Hauseingang, gleich hinter dem Umspannwerk sehen wir schon die letzten beiden unvermeidlichen Hindernisse: die Möwenmeute auf der Landwehrkanal-Brücke und die Sandkiste im Biergarten, direkt drei Stockwerke unter unserer Wohnung.

Die Möwenmeute ist eher ein Hindernis für mich, da unzählige, und wie ich finde recht stattliche Exemplare einem viel zu dicht auf die Pelle rücken. Ich werde mich hüten, die zu füttern. Die würden nur ihre Verwandtschaft von sämtlichen Dächern mobilisieren, um mich ebenfalls zu bedrohen.

Finn schaut einige Minuten auf den Hitchcock-Vögel-Angriff, während er gelangweilt an seiner Laugenbrezel lutscht und zeigt dann mit einem vehementen „doh" auf die Sandkiste im Biergarten. Hätte ich solch einen Biergarten direkt am Wasser würde ich sicherlich jeden freien Flecken mit Tischen und Stühlen voll stopfen. Anders dieser Besitzer: Eine recht große Sandkiste mit auch viel Förmchen-Material zum Streiten und noch viel mehr Platz außen rum.

Inzwischen verstehe ich diese Marketingaktion etwas besser. Schon in aller Herrgottsfrühe - alle anderen Cafés gähnen noch vor gästefreier Leere - ist drei Stockwerke unter uns das komplette Eltern-Aus-der-Nachbarschafts-Geschwader samt Nachwuchs um und in der Sandkiste und dem Latte Macchiato versammelt. Spät abends, wenn diese Zielgruppe kollektiv und komaartig ins Nachtlager fällt, kommt eine Holzplatte auf die Kiste und die Zielgruppe der DINK (Double-Income-No-Kids) hat einen gemüt-lichen Loungebereich. Raffiniert, oder? Leider ist das für uns als Darüberwohner eher weniger raffiniert. Wann sollte man eigentlich zu seiner verdienten Nachtruhe kommen? Frau Bollmann, einen Stock tiefer, beschwert sich schon ab und zu über zu viel Lärm.

Uns ist es wurscht, da wir dank Finn soundso nachts oft und viel wach sind. Gut geschlafen habe ich vor 16 Monaten. Nein, einige Monate davor war es auch schon vorbei, dank ständigem zum Klo stampfen, oder noch permanenteres Schnarchen der Schwangeren.

Ich entsinne mich an ein Telefongespräch mit meiner großen Schwester irgendwann in der Schwangerschaft:

„Was wünscht du dir zu deinem Geburtstag?", fragte sie mich.

„Ich habe da einen Wecker gesehen, der tatsächlich absolut geräuschlos ist. Ich kann bei dem Geticke so schlecht einschlafen."

Meine Schwester lachte nur und ich konnte sie kaum beruhigen. Sie, die selbst Krabbelgruppen leitet und zwei eigene Kinder hat, glaubte nicht, dass ausgerechnet das Ticken eines Weckers mich in Zukunft vom Schlafen abhalten würde.

Sie sollte recht behalten.

Papa hat keinen Bock auf Sandkiste und schon gar nicht auf das dort hockende Eltern-Geschwader. Ich lenke den Goldschatz mit einem Wortschwall ab: „Leiter, Schraubenzieher und stell dir vor ein Dübel

..." Finn guckt mich neugierig an, während ich ihn am Eingang vorbei ziehe. „... und eine Bohrmaschine sogar noch, auf der Leiter!"

Er ist vollkommen überwältigt. Solche Gegenstände bedeuten für ihn unsägliches Glück auf Erden. Schon nur diese Gegenstände zu benennen hält ihn von allen geplanten Aktionen ab. In seinem Gesicht steht geschrieben: Wo? Wann kommen sie? Susanne benutzt solche Ausdrücke beim Auto fahren. Sie halten ihn immer einige Zeit vom kurz bevorstehenden Einschlafen ab.

Ich bin an der Gefahrenstelle vorbei geschlichen. Am ganzen Vorgarten vorbei samt Kinderwagen und Fahrrad. Die Haustür geöffnet. Jetzt muss nur noch das Fahrrad in den Keller und ich kann die Last in der Wohnung abladen.

Finn wird aus dem Kinderwagen gezerrt und er erwartet wahrscheinlich gleich die Erleuchtung hinter der Kellertür in Gestalt eines Dübels oder Schraubenziehers. Rechts er, links das Fahrrad, vor uns das Schild: „Der Keller darf nicht mit Licht oder Lampe sondern nur mit geschlossener Laterne betreten werden"

Finn darf den Lichtschalter betätigen. Dabei zieht er mir zuerst mal eine handvoll Spinnweben mit dem Kommentar „Doh" ins Gesicht. Inzwischen habe ich das Licht angeknipst und versuche die Gegenstände unter größter Kraftanstrengung die schmalen und engen Kellertreppen runter zu zerren. Das Fahrrad verkeilt sich immer kurz vor dem Erreichen des Kellergangs. Finn kommentiert dieses mit einem nachgemachten Stöhner, oder besser schon voraus gemachten Stöhner. Ich grinse trotz der Last und stöhne dann um so mehr.

Unten angekommen zeigt mir die kleine Kellerassel gleich den Weg zu unserem Kellerverschlag. Da das Haus nie eine ordentliche Gesamtrenovierung erhalten hat liegen auf dem Kellerboden noch Kohlereste und -staub. Das hilft nichts. Um unseren Raum aufzuschließen muss ich Finn und das Fahrrad abstellen. „Wo ist bloß der Schlüssel?", frage ich in das halbdunkle Gewölbe.

Finn antwortet: „Doh" und zeigt dabei mit seinen schwarzen Rußfingern auf das Schloss an der Türe. Ich schließe auf und schon robbt Finn ins dunkle Paradies.

„Stopp, zuerst das Fahrrad dann erst der kleine Schmutzlappen", hüstelt der Papa gedankenabwesend.

Was soll ich machen? Oben im Hof kann ich ihn nicht alleine lassen. Er würde vielleicht den Müll auffressen oder wenigstens die Blumenbeete nach seinen Vorstellungen umarrangieren. Jetzt am Abend ist es ja eher egal. Aber Morgens? Und dann zum Kindergarten? Heike schaute erst letzte Woche strafend auf Finns Hände und Hose. Doch der Ruß war hartnäckiger als ihr Blick. Trotz anschließendem Klopfens und Waschens meinerseits.

„Ist da denn jemand?" ertönt eine Stimme von oben. „Kann ich zuschließen, hallo?"

„Bloß nicht!", antworte ich, „Wir sind hier unten."

Frau Bollmanns Stimme glaube ich zu erkennen: „Ach so, ich dachte schon, da hat mal wieder jemand die Kellertür vergessen. Das wäre ja nicht das erste Mal." Frau Bollmann ist etwas schnippisch in ihrer verbalen Formulierung. Etwa 50 Jahre. Ziemlich eigenbrötlerisch aber nicht im Sinne von einsam, glaube ich, eher schon aus Überzeugung.

Wir haben diese Wohnung hier am Paul-Lincke-Ufer nur unter der Option bekommen, zuerst mit der Bollmann zu sprechen, da sie anscheinend kein Interesse auf eine Familie direkt über ihr hat. Das konnten Susanne und ich gut nachvollziehen. Die Vormieterin war meist verreist, bewohnte wenn überhaupt nur zwei Räume und hatte keinen Fernseher und sonstigen Lärmverursacher. Da hätte ich auch keine Lust plötzlich drei kreischende über motorische und rund um die Uhr aktive Kreaturen über dem Eigenheim zu bekommen.

Susanne rief sie damals mit den Worten: „Sie mögen also keine Kinder?", an.

In diese Kinderhasser-Schublade wollte Frau Bollmann jetzt auch nicht gesteckt werden. Raffiniert von Susanne, fand ich schon damals. Seither zupft sie bei jeder Begegnung neckisch an dem kleinen Scheißer interessiert herum. Der kleine Scheißer und wir nehmen es ihr nicht so recht ab – das Interessierte. Aber sie ist eigentlich ganz nett und halt nur etwas schnippisch und neugierig. Kaum hatten wir die neue Wohnung das erste Mal noch vor unserer Renovierung betreten, klingelte sie.

„Ich wollte mir mal die Wohnung anschauen, wie die so geschnitten ist."

Ich vermutete eher, dass sie uns anschauen wollte. Wir schnitten ganz gut ab, da sie recht lange blieb und wir postwendend ihre Wohnung anschauen mussten. Der Schnitt war identisch. Alles top renoviert und ober-clean, während bei uns der Zustand genau so aussah, wie wenn eine Mieterin 38 Jahre selten die Wohnung bewohnte und noch seltener renovierte.

Ich traktiere mich und den kleinen Schornsteinfeger wieder hoch ans Tageslicht. Frau Bollmann hat sich dort für ein kleines Schwätzchen schon in Position gestellt.

„Vorsicht Frau Bollmann, Finn hat Windpocken. Dass Sie sich da nicht anstecken. Wir kommen gerade vom Arzt", warne ich sie, während Finn zu seinem Dreirad und den Fahrrädern rennt.

„Ach der Arme. Da wird er heute nacht aber schlecht schlafen", erwidert sie. Ich glaube eher sie meint, dass sie selbst wahrscheinlich, dank des Lärms schlechter schlafen werde.

Mir fällt im Hof ein Schild auf. „Das Spielen der Kinder auf Hof, Flur und Treppen sowie das Umherstehen vor der Haustür ist streng untersagt" Interessant, diese Schilder hier, denke ich. Für den Keller braucht man eine geschlossene Laterne und man darf nicht einfach so umher stehen - streng untersagt. Das kleine Rußmäuschen untersucht jetzt eine ölige Fahrradkette auf deren Elastizität.

„Er sieht gar nicht krank aus. Er sieht eher aus, als ob er in einen Schornstein fiel", fährt sie fort. Ich drehe mich zu Finn um und sehe, wie dieser gerade seine Ruß-Öl Hände quer übers Gesicht wischt. Nein doch großflächiger. Auch über die Haare und runter zum Hals und wieder hoch zur Nase.

„Spinnst du Finn?", brüllt der Papa. Finn knallt das ganze Fahrrad um - er scheint bockig zu werden. Es wir Zeit für uns, das Pläuschen noch bevor es richtig in Fahrt kommt zu beenden: „Wir müssen ...", entgegne ich Frau Bollmann und packe den Ruß-Öl-Bock.

Beim Hochgehen in den dritten Stock versucht er noch einige Male erfolgreich, meine Sonnenbrille vom Kopf auf den Boden zu knallen, trotz oder wegen meines Geschreis beim Bücken nach derselben.

Tür aufgeschlossen und rein. „Stop, Sportsfreund. Zuerst Schuhe aus, Hände gewaschen und an die Box zum Windelwechsel."

Er hat mich wohl nicht verstanden, weil er gleich unter der aufgespannten Schaukel ins Arbeitszimmer zum Bücherregal hüpft. „Nein, so nicht!", rufe ich hinterher, muss aber ja leider den Umweg über den Flur und das Esszimmer und einem gigantisch- großen Feuerwehrauto - noch nie gesehen – machen.

Finn kommt mir schon entgegen mit einem Buch: Die Mormonenbibel. Was wir nicht alles haben. Ich setzte mich auf den Boden und schaue das Buch an. Von mir kann es nicht sein, aber wer hat das denn dann in den Haushalt geschleppt?

Finn kommt mit zwei neuen Büchern an und setzt sich dicht neben mich. Er blättert in „Auf die Welt kommen", ich noch in der Mormonenbibel.

Ach was hat er da noch für ein Büchchen? Meinen „The Loneliness of the Long Distance Runner". Ich lege das Mormonenbuch weg und hole den Langstreckenrenner. Finn ist in seinem Buch auf Seite 9: „... Unterdessen schlief der Samen mit Millionen Samen in den Hoden meines Vaters."

Ich weiß nicht, ob das das Richtige ist für einen 1 1/2 Jährigen. Er scheint es zu mögen, zumindest das Umblättern. Ich freue mich den Langstreckenrenner durchzublättern. Schon mindestens 20 mal gelesen. Jedes mal begeistert. Aber es sind ja auch nur 55 Seiten. Aber immerhin auf Englisch. Finn ist jetzt bei der Zeugung angelangt."... Unterdessen war im Bauch meiner Mama das Ei dabei wegzugehen ..."

Was wir für Bücher haben. Mit Sicherheit nicht von mir. „Schluss jetzt", murmel ich während ich alle drei Bücher wieder in das Regal lege, dessen Inhalt schon zur Hälfte auf dem Boden liegt. Finn greift sich schon wieder ein Buch: Praxis der Zahnentfernung.

„Schuhe ausziehen, Hände waschen, Windelwechsel!" und ich ziehe ihn ins Bad. Wasserhahn auf, Hocker ran gestellt, Kind hoch gehievt und rubbeln. Der Ruß geht leichter ab als das Öl. Auf dem Wickeltisch angelangt hat Finn immer noch seine „Praxis der Zahnentfernung" in der Hand und ist schon beim Kapitel: „Abtragen des Knochens, inklusive Schnittführung" angekommen.

Um seinen Wickelplatz hat die Mama einige Kuschelobjekte platziert: Schorschi, ein Werbegeschenk der Bausparkasse soll wohl ein Fuchs sein, daneben ein giftgrünes Bärchen mit dem Schalaufdruck 'Skoda', an seinem Kopfende befindet sich eine Bettflaschenumhüllung in Schafsgestalt, daneben Eisbären, andere Lämmer und ein Ernie. Kaum Platz für das Kind.

Es interessiert sich einen Hut für diese Gestalten: 'Wundversorgung nach operativer Zahnentfernung' scheint da viel interessanter zu sein.

Ich reiße die alte Windel ab und nehme eine Neue, eine Gute, aus der Packung. Kurz nach der Geburt war das „noch nicht angekommene" Mäuschen immer total nass. Wir wussten nicht, ob er so schwitzt oder ob die Windel unfachmännisch von uns angelegt wurde. Ich wollte schon Herrn Pampers kontaktieren und mich beschweren über das Nichtfunktionieren derselben. In der Werbung sieht es immer viel trockener aus. Wir haben uns irgendwann damit abgefunden - über das Auslaufen, bzw. haben doch tatsächlich festgestellt, dass es einen Hersteller gibt, der hält was er verspricht und zwar richtig fixie. Alle anderen pämpern früher oder später mehr oder weniger nass heraus.

Finn hat die Faxen dicke und schreit. Zu lang gedauert, doch den falschen Windelhersteller, zu wenig Neues in dem Zahnziehbuch - keine Ahnung. Aber das Gebrülle kann ich nach diesem anstrengenden Nachmittag wirklich nicht ertragen.

„Wir baden jetzt", sage ich und meine Finn kommt in seine Wanne. Fixies wieder ab, den Schlawiner auf den Boden gestellt und er watschelt ab ins Bad.

Baden ist genauso gut gegen Schreien, wie Schokolade gut ist gegen Zähne. Schon als Neugeborener karrte seine Mama ihn ins Babyschwimmen. Wasser fand er toll, aber die kollektive Tauchpflicht verabscheute er besonders. Bis heute mag er kein Wasser im Gesicht oder kein Gesicht unter Wasser.

Er quengelt schon vor der Wanne und vor lauter Vorfreude pinkelt er erst mal auf den Badezimmerläufer. Ich schaue an die Decke.

Er sagt: „Ahh."

Ich sage: „Das muss doch wohl nicht sein."

Er sagt: „Ahh."

Na ja bis die Chefin kommt wird der Fleck doch hoffentlich trocken sein. Er schmeißt das komplette Repertoire der Quietscheenten, zusammen mit einem Ernie-Becher, fünf leeren Joghurtbechern, Mamas Shampoo, seiner Zahnbürste, dem auf dem Boden liegenden Monster-Pfropfen und das Zahn-Ex-Buch in die Wanne. Ich fische einiges wieder raus, vor allem Mamas Fachbuch gegen Zähne. Finn versucht anderes rein zu schmeißen: die Klorolle, sein Handtuch und das große Feuerwehrauto.

„So nicht, kleine Wasserratte. Da passt du ja nicht mehr in die Wanne." Ich helfe ihm beim Einstieg. Er hockt sich hin und freut sich. Ich ziehe das Handtuch heraus. Streife sein Gesicht mit dem nassen Lappen.

Finn steht auf, zeigt auf das Bärenkostüm und will wieder raus. Zuviel Wasser in zu viel Gesichtsregionen.

„Ach nein, setzt dich wieder hin." Nichts zu machen.

Er schreit und versucht eigenständig raus zu klettern. Ich hocke ihn mit sanfter Gewalt ins Wasser. Er hat entschieden, es reicht. Schade eigentlich. Rein ins Bärenkostüm, rüber in Finns Zimmer auf den Wickeltisch, Fön an und das Geschrei ist vorbei. Das Ruß-Öl-Gemisch auf seiner Hand wird der Chefin nicht gefallen. Ich rubbel etwas auf seinen Händen, lenke ihn aber mit dem Geföne recht geschickt ab.

Das Telefon klingelt. Klasse. Richtige Zeit. Ich zerre ihn auf den Boden - ohne Klamotten und renn zum Apparat.

Ria, die mit Sur le Pont D'Avignon, braucht schnellstens Rat: Ihr grau-bläulich kackernder Henry – oder war es der mit dem Zungenkuss? – hat keinen Appetit und schreit weniger als sonst.

„Ria, was soll ich da machen?"

„Ist Susanne denn nicht da?", fragt sie hektisch.

„Die kommt erst um 20 Uhr von der Schicht. Aber mach dir mal keine Sorgen. Es gibt ja immer noch den Notdienst in der Graefestraße, wenn die Symptome schlimmer werden.", beruhige ich während ich Finn auf dem Boden weiter beföne.

„Kann es denn sein, dass Henry Mittelohrentzündung hat?", fragt sie.

„Ich glaube nicht. Haben die dann nicht auch immer Fieber?", klugscheiße ich zurück. Finn macht einen Katzenbuckel und genießt sichtlich das Geblase vom Föhn. Nur ich komme jetzt schwer an ihn ran. Er robbt irgendwie unter sein Bett und ich fuchtel mit dem Apparat hinterher - den anderen Apparat am Ohr haltend.

„Stell dir mal vor Finn hat Windpocken. Wir kommen gerade vom Arzt."

„Nein, das hat er doch sicherlich in seinem Kindergarten aufgeschnappt...", folgert Ria, die seit Wochen damit beschäftigt ist, aus einer Vielzahl von Bewerberinnen, eine Kinderfrau für ihren Goldschatz auszuwählen. Sie hat zusammen mit Werner ein Architektenbüro und braucht mehr Zeit für die schlechten Zeiten und das Büro.

„... ich habe heute ein Einstellungsgespräch nach dem anderen geführt. Alles sehr unbefriedigend. Keine hat meinem Anforderungsprofil vollständig entsprochen. Hoffentlich hat Henry sich da bei keiner der Kandidatinnen angesteckt..."

Halb Ria lauschend, versuche ich den Katzenbuckel wieder ein zu windeln und anzustrumpfhosen. Schwierig mit einer Hand. „Da weiß man ja nicht, was die so alles anschleppen. 12 Bewerberinnen und keine, bei der ich auf Anhieb sagen würde: Jawohl ...“

Ria ist schon seit der Geburt recht besorgt um ihren kleinen Racker. Ich erinnere mich an unser erstes gemeinsames „Treffen“. Susanne kannte sie aus einem von vielen Schwangerschaftskursen, und nicht nur Ria. Es war ein schier nicht enden wollendes Netzwerk an Mamas, die mir vorgestellt wurden.

Nach der Geburt, irgendwann im Dezember sollte ich zusammen mit anderen Pärchen an einem kollektives Sonntags-Kinderwagen-Schubsen 'gen Treptower Park teilnehmen.

Extrem schlecht gelaunt habe ich mir eine Stunde vor dem von der Chefin festgelegten Date meine Haare rotgelb protestgefärbt. Schlecht motiviert und unkommunikativ karrte der Rotgelbe mit allen anderen im Gleichschritt den Kinderwagen um einige Blöcke bei einer Saukälte. Eine wandelnde „Wir sind die Kinderwagen Schubs Demo“ mit einem schlecht gelaunten Papa.

Der Kinderwagen von Leonhard war natürlich ganz schwarz ohne Applikationen, ohne sonst was, wie auch später sein Triptrap-Kinderstuhl und alles andere. Schwarz halt. Er selbst war überhaupt nicht zu erkennen. Viel zu viel Klamotten an.

Die Demo endete in der Wohnung von Ria und Werner in der Schlesischen Straße bei einem unspektakulären Kaffee-Umtrunk.

Später unter positiverem Anlass fand ich dann beide recht witzig. Wir verbrachten zum Beispiel dieses Sylvester bei ihnen und beim Raclette-Essen. Nein, nicht bis 24 Uhr. Vielleicht bis 20 Uhr. Dann war für uns und auch für die Gastgeber Sylvester vorbei – Oder haben wir es doch noch zu Hause bis Mitternacht durchgerissen? Das habe ich vergessen. Auf alle Fälle brüllte Finn pünktlich zum Anstoßen gegen 24 Uhr.

Auch waren wir auf eine Party – ich glaube sie nannten es 'Event' - bei den beiden Architekten eingeladen. Diese fand im Fischers Fritz, direkt im Universal Music Gebäude, statt. Das Essen wäre sicherlich sehr lecker gewesen. Leider musste ich noch vor dem 1. Gang den Löffel fallen lassen, da Mama und Papa das Kindspulver für Finns Fläschchen vergessen hatten.

Ich ging mit meinem beigen Jackett zurück über die Oberbaumbrücke nach Hause. Als ich wieder ankam, gab es den 2. Gang. Nun musste man aber mal zuerst das hungrige und kreischende Mäuschen befriedigen. Nach dessen Gesauge sollte er planmäßig zur Ruhe kommen und einschlafen.

Es gab aber in dem ganzen Gebäude anscheinend keinen Raum, wo man ihn und den Kinderwagen deponieren konnte. So musste ich zuerst nach draußen gehen und dort ein ruhiges Plätzchen am Spreeufer suchen.

So der Zufall es will fand an diesem Tag eine Techno Parade in Berlin statt und es gab kein ruhiges Plätzchen. Ein wummerndes Schiff nach dem anderen stampfte akustisch in den Kinderwagen.

Ein Raver gab mir den Rat an der Stralauer Allee das Ganze zu probieren. Diese Hauptverkehrsstraße lärmt gleich bleibend monoton und das hätte bei ihm auch geholfen. Der Papa schob am Rande des ständig gleich lauten Verkehrslärms die müde Fracht.

Finn hatte im Gegensatz zum Raver ganz andere Auffassungen. Sicherlich fehlte dem ersten einige Dosen Ecstasy, um den Gleichklang des Auto-Surrens schlafstimulierend aufzunehmen. Ich ging unvollendeter Tatsachen ins Fischers Fritz zurück. Susanne nahm die Karre und versuchte im Klo das Kind in den Schlaf zu wackeln. Schade nur, dass jetzt das Essen von einer und der anderen Ansprache unterbrochen wurde.

Die Mama hatte wenig Erfolg. Das hörte ich sogar auf meinem Platz. Wir gingen dann abgenervt noch vor dem Dessert nach Hause.

Ria erzählte am nächsten Tag, dass die Party noch bis 5 Uhr morgens ging. Unsere Party ging zu Hause bis 1 Uhr. Dann weiter um 3 und noch mal um halb sechs.

Da gab es noch eine erwähnenswerte Mitnetzwerklerin. deren Name mir jetzt aber nicht mehr einfällt. Gleich nach der Geburt noch im Krankenhaus begegneten wir uns auf dem Flur samt Wägelchen und Neugeborenen.

Ich sagte zu ihr: „Wir haben nicht so großes Glück. Unserer ist recht hässlich geraten. Sieht aus, wie mein Vater nur mindestens 20 Jahre älter."

„Na dann schau mal bei mir in den Wagen. Weder ich noch Christian sehen aus wie dieses Kind. Wie ein Affe. Eurer ist dagegen doch ganz putzig. Unserer ist ein Gorilla. Und wie groß der schon ist."

Offenherzig fand ich damals. Und ungewöhnlich für die Spezies Mama. Sie arbeitete auch postwendend wieder als Juristin. Leider haben wir heute keinen Kontakt mehr zu ihr. Es passte nicht so recht zusammen. Wir luden mal zum Osterbrunch ein. Danach war es gegessen. Vielleicht lag es daran, dass ... Ach ich lasse es lieber.

Katie gehört auch zu dem Netzwerk der Mama. Ich glaube sie ist auch Juristin, aber was noch viel schlimmer ist, sie ist schon wieder schwanger.

Finn war mal, wie ich finde, ganz schön gemein zu ihr und ihrem Leon. Sie besuchten uns. Finn hatte keine Ambitionen an diesem Tag auch nur eines seiner Spielsachen zu teilen. Leon bekam nichts, gar nichts. Unser süßes Kindchen hockte etliche Zeit allein in seinem Zimmer, was er niemals freiwillig machte. Plötzlich kam er zu uns und bugsierte die arme Katie zur Wohnungstür.

Sie sagte ungläubig: „Der meint doch nicht uns, oder? Möchte der uns jetzt rausschmeißen?"

Ich sagte gar nichts und grinste heimlich in mich rein. Finn war es recht ernst. Er hatte an diesem Tag keinen Bock auf Netzwerk-Treffen. Und der lange apathische Leon und Katie gingen dann auch bald. Wohl oder übel.

„... Vielleicht die Kroatin? Obwohl die gar kein Deutsch kann. Das ist für Henrys Sprachentwicklung nicht gut. Aber sonst ist sie recht patent ...“ Ria erzählt und erzählt. „... Ich habe ihn jetzt an einer Musikschule angemeldet. Das finde ich ganz wichtig...“

Der Papa sagt nichts, aber vielleicht sollte sie zuerst mal ihn zum Gehen überreden. Henry macht nur merkwürdige Hopser. Zwar ist diese Hopstechnik extrem ausgereift, aber das Kind kann doch nicht sein ganzes Leben mit verschränkten Beinen und einer Blockflöte durchs Leben federn. Na ja, das geht diesen Papa ja nichts an. Dafür gibt es ja einen anderen: Werner. Er verbringt seit der Geburt wesentlich mehr Zeit im Büro. Und auch sonst lässt er Ria erziehungstechnisch absolut freie Hand.

„... Wie geht es euch mit der neuen Wohnung? Schon alle Kisten ausgepackt?“, fragt Ria zielsicher. Egal was ich jetzt antworte, sie wird gleich ihre professionelle Akquisenummer abspulen.

„Na wenn wir so weiter konsumieren, brauchen wir bald eine noch größere Wohnung“, antworte ich.

„Da ist Kaufen doch genau das richtige für Euch. Ich habe doch schon mal von unserem Projekt erzählt ..."

Finn ist ins Balkonzimmer geschlürft und beschäftigt sich dort sicher mit seiner Holzeisenbahn.

„... ihr bräuchtet nur 20 % Eigenkapital. Und ich sage dir, das Projekt ist super. Und erst die Lage..."

Ich höre ihr nicht mehr so richtig zu. Habe ich ihr doch erst vor einigen Wochen erklärt, dass in unserer momentanen Situation keine Wohnung gekauft wird. Wer weiß schon, wo wir in ein oder zwei Jahren hocken. Vielleicht ganz wo anders.

„... das wären nur eine Belastung von monatlich 825 Euro ..." Ich höre keine Holzeisenbahngeräusche mehr und schaue nach. „Ahh, stop Ria. Ich muss Schluss machen. Finn hat da eine große Schweinerei veranstaltet." Papa legt den Hörer weg und sieht, wie das Mäusezähnchen doch tatsächlich die Blumenerde aus dem Yucca-Topf schön gleichmäßig ins Federbett einmassiert.

„Pfeift es bei dir? Wie soll ich das aus der Bettwäsche bekommen? Da brauchen wir jetzt zuerst den Staubsauger, verdammter Mist."

Finn freut sich - wahrscheinlich weil endlich wieder was los ist. Nicht so langweilig, wie die letzten

Minuten. Er ist schon in der Speisekammer und rüttelt an der Staubsaugerstange.

So richtig toll war die Idee mit dem Staubsauger nicht. Der Dreck wird eher großflächig auf die Bettwäsche geschmiert, anstatt weg gesaugt. Finn findet es so gut, dass er geschwind noch eine handvoll Erde aufs Bett pfeffert. „Es reicht - mir reichts, du Ungeheuer."

Kaum habe ich die Betten abgezogen und Finn in seinen Schlafanzug gesteckt, da erscheint Mama. Ohne Jacke und Schuhe auszuziehen eilt sie schnurstracks zu ihrem Sonnenschein mit den Worten: „Du armes krankes Mäuschen."

Ich verziehe mich – nein noch zu früh. Jetzt muss ich zuerst das Bad sauber machen, dann das Fläschchen für Finn und sein Nachtlager einschlafbereit vorbereiten.

Mama hockt mit ihm vor einem Bilderbuch: „Meine Tiere auf dem Bauernhof". Ich höre nur von nebenan ein Mähen, Grunzen und Gackern.

Alles erledigt komme ich zurück und gebe der Chefin die fertige Milchflasche, Frau Hansen und den Schnulli. Finn saugt, während er meditativ an der Hansenschen Schnur fummelt. Susanne erzählt von einer schwierigen Zahnextraktion. Wenn die wüsste, dass ihr Buch gerade auf dem Balkon trocknet und dass ihr Sohn schon einige Kapitel durchgeackert hat.

Papa erzählt von seinem anstrengenden Kindsnachmittag, jedoch Mama singt schon: „Schlaf Kindlein, schlaf. Der Vater hüt' die Schaf".

Ich bekomme einen Tritt in die Hüfte, als unmissverständliches Zeichen, gefälligst auch mitzusingen und den Nachtexpress zum Bett zu begleiten.

Ich singe: „...der Vater ist hier das Schaf, die Chefin ist das Herdentier, Vorsicht dass sie nicht eine scheuert mir, Schlaf Kindlein, schlaf." Ich verdrücke mich, hole Alkohol und setzte mich vor die Glotze.

Noch vor 21 Uhr bin ich im Bett. Das Telefon klingelt nebenan. Sicherlich das Netzwerk. Ich höre Susanne ununterbrochen gähnen. Das kann nur das Klärchen sein und schlafe ein.

Nachtrag

Die Windpockenzeit verlief einigermaßen erträglich. Ach nein, es wurde in der neuen Wohnung nachts eingebrochen. Finn hat nun einige Spielsachen weniger: den Laptop, die Bohrmaschine und den Fernseher haben jetzt andere Elternkinder zum Spielen. Obwohl ich doch so einen leichten Schlaf habe und alle Türen, auch die mit der Schaukel offen waren und Finn nachts dank Windpocken jede Stunde wach wurde haben wir nichts von den Einbrechern gehört. Zum Glück.

Leider hat der anschließend auf Spurensuche gehende Kriminalbeamte seinen kleinen Hammer unbeaufsichtigt in der Küche liegen lassen: der Goldschatz, das kleine süße Mäuschen, hat die Zeit während ich für sage und schreibe 10 Sekunden ins Bad ging optimal ausgenützt: das kleine Hämmerchen gepackt, ein kleines Hackerchen auf die neu gekaufte

Siemens Waschmaschine und das Glas des Bullauges war fachgerecht in Kleinstportionen zerlegt.

Der Kundendienst rät uns zu einem Neukauf, wegen des teuren Austausches.

Auf unserem Windpocken-Nachmittag haben wir uns für immer von dem Piloten aus dem Holzflugzeug, der Schnullerkette mit den roten Kühen und dem linken Schuh verabschiedet. Keines der angeführten Exponate ist bis heute wieder aufgetaucht.

Inzwischen hatten wir auch die Osterfeiertage wohl organisiert verbracht. Höhepunkt war ein Besuch im Volkswagen Autohaus. Dort gab es Ostereier zum bemalen für Kinder.

Mama saß dort an einem Stand und bastelte eine halbe Ewigkeit an einem Ei rum. Finn war zuerst damit beschäftigt, hinter einem zwei Meter großen Osterhasen herzurennen und zu hoffen, dass dieser ihm zum zichten Male ein Schokoladenei schenken würde. Später interessierte ihn nur noch die Dekoration, bzw. das Entfernen derselben.

Ich stand einige Zeit vor einem Haufen zusammen gekauderten Karnickel. Später holte Susanne noch einige Prospekte über ein besonders hässliches

Modell des Passats - natürlich als Variant. Dieses Autohaus-Hobbing ist zur Zeit recht beliebt. Leider haben wir den Highlight „DaimlerChrysler" noch nicht besucht. Das Netzwerk sagte, dieses ist für unsere kleinen Racker das Paradies.

Die Heike aus der Kita hatte irgendwann morgens keine Brille mehr auf. Auf meine Frage sagte sie: „Ich habe sie im Schlafzimmer vergessen und da wollte ich meinen Mann nicht nochmals wecken."

Seither habe ich sie niemals mehr mit Brille gesehen. Merkwürdig, oder? Schläft denn der Mann seit zwei Wochen durch und sie kommt nicht mehr an ihre Brille?

Dafür hat jetzt ihre Kollegin, die Christine, die niemals eine Brille trug, eine. Modell Office-Managerin mit mattschwarzem Horngestell. Und ihre Haare leuchten jetzt Orange anstatt Braun. Mutig, finde ich. Die Heike hat auch was an ihren Haaren geändert, aber wie gesagt, ich achte nicht auf ihre Frisur.

Dagmar mailte inzwischen „Hoffnung" rüber: „Nach Ansicht des Göttinger Neurobiologen Prof. Dr. Gerald Hüther finden nur relativ wenige Menschen ihr Glück, weil fast alle an den falschen

Stellen suchen. So sei beispielsweise ein Leben ohne Probleme gar nicht erstrebenswert, denn Schwierigkeiten zu überwinden mache glücklich und fördere eine optimistische Lebenseinstellung".

Ich versuche auch weiterhin zu überwinden und mein Bestes zu geben. Aber warum um Himmels willen hat mich denn niemand gewarnt, liebe Eltern und liebe Freunde?

Fortsetzung des Nachtrags

... Vollgestopft bis unter die Motorhaube fahren wir auf der Stadtautobahn 'gen Flughafen - besser stehen wir kurz vor dem Flughafen im Stau. Papa dicht ans Steuer gequetscht, da Finn auf dem Rücksitz unbedingt auf seine Beinfreiheit besteht. Er hat sich ja nicht solch einen engen Kleinwagen ausgesucht. Wehe, wenn der Fahrersitz zu weit nach hinten gestellt wird: die Füße des Goldschätzchens werden unentwegt ins Polster gerammt und unterstützend zu dieser Aktion kommen die Stimmbänder bis zum Anschlag zum Einsatz. Also dicht am Lenkrad.

Neben mir, quasi als Beifahrer, sitzt eine Reisetasche, ein Rucksack und eine Broschüre mit dem Titel „Dental Office Kit für Ober- und Unterkiefer". Ach ja, die Broschüre „Patent Kit in Tuben und Spritzen" liegt unter dem Rucksack. Ich sehe mich schon nachher mit diesen Unterlagen im Flieger hocken und Susanne hat einige Schwierigkeiten der Patientin das Bleeching aufzuquatschen.

„Ich lege die Unterlagen nach hinten, ja!", murmel ich in den Rückspiegel. Susanne, die hinten neben ihrem Goldschatz sitzt reagiert nicht und ich gähne apathisch Richtung Flughafen-Haupthalle. Wir stehen jetzt schon 30 Minuten an der selben Stelle – etwa 500 Meter vor dem Terminal. Die Broschüren bleiben Beifahrer.

„Ich vermisse euch jetzt schon", kommt es von hinten traurig nach vorne zu uns gehaucht. Der Rucksack, die Riesentasche und die Broschüren reagieren nicht. Der Papa antwortet: „Wenn das hier so weiter geht, oder besser so weiter steht, brauchst du dir darüber keine Gedanken machen. Aber wir sind noch recht gut in der Zeit." Kein Wunder. Finn hat die Nacht nicht ganz so Klasse geschlafen – war aber dafür etwas früher als sonst ausgeschlafen. So waren wir in aller Herrgottsfrühe schon startklar.

Irgendwie zieht die Flughafen-Haupthalle ihre Mitreisenden magnetisch an, denn immer öfter wird neben, hinter oder vor uns eine Autotür hektisch aufgerissen und eine Aktentasche samt Herrchen wird aus dem Auto Richtung Flughafen geschleudert. Fast wie diese elektrischen Fliegenvernichtungs-UV-Lampen scheint dieses Gebäude eine unausweichliche Anziehungskraft zu besitzen. Nur das Zerbrutzeln beim Erreichen der Eingangstüre kann man nicht hören. „Vielleicht sollten wir uns auch zu Fuß auf den Weg machen, Finni-Mäuschen", kommentiere ich das hektische Die-schaffen-ihren-Flieger-nicht-mehr-Treiben außerhalb unser stressfreien Zone. Wir haben noch fast drei Stunden Zeit um unsere 50 minütige Reise anzutreten.

... Fortsetzung folgt!